Lilith Dandelion

DUNKELZIMMER

Novellen aus dem Zwischenreich

LILITH DANDELION

DUNKELZIMMER

NOVELLEN
AUS DEM ZWISCHENREICH

Bibliografische Information der Deutschen Nationalbibliothek:
Die Deutsche Nationalbibliothek verzeichnet diese Publikation
in der Deutschen Nationalbibliografie; detaillierte
bibliografische Daten sind im Internet
über www.dnb.de abrufbar.
© 2021 Lilith Dandelion, Hamburg.
Hiermit wird versichert, dass es sich bei dem fast identischen
Buch »Geisterstunden« mit anderem Autorennamen ebenfalls
um mein Werk handelt und beide von mir autorisiert sind.
Text, Illustrationen, Fotos, Satz, Korrektur
und Titelgestaltung: Lilith Dandelion
www.hausmacht.de
Alle Abbildungen stammen von der Verfasserin,
die auch die Schamanenfigur (S.56) geschaffen hat.
ISBN 9783753458991
Herstellung und Verlag:
BoD – Books on Demand, Norderstedt

INHALT

1 *Regen an der Alster*

SOG

EIN HAUS IM STROM

DER TAG MEINER VERWANDLUNG — DAS WAR, ALS EIN STRÖMEN EINSETZTE.

Und es war so stark, dass ich nichts anderes mehr fühlen und sehen mochte. Es gelang meiner Mutter nicht, mich von der Flussbrücke fortzuholen. Ich stand in dem kühlen, feuchten Wetter auf der Zernebrücke, richtungslos waren Licht und Wind, aber entschlossen in eine Richtung eilten die Wassermassen, wimmelten die kleinen Wirbel zwischen den Stämmen der Schwarzerlen hindurch und breitete der Fluss mit teigigem Egoismus sein Bett über die Wiesen. Nur die Straße zu der Brücke, auf der ich stand, blieb verschont vom Untergang der Uferwege, andere Brücken begannen und endeten im Nichts, ragten über die Wasser als absurde Skulpturen.

Uns ging's gut, wir hatten nichts zu befürchten als einen Stromausfall, der die aufwendig gebunkerten Lebensmittelvorräte hätte verderben können. Unser Haus auf der Anhöhe war weit außerhalb der Reichweite von Überflutungen. Lediglich die Zufahrt lag unter Wasser, so dass meine Mutter und ich in dem großen Haus allein unter Arrest standen. Allenfalls ein Fußmarsch auf dem Bahndamm hätte es uns möglich gemacht, Ellerbach zu erreichen. Mein Bruder samt Familie würde somit nicht kommen können. Schönes Weihnachten, das.

Traurig... Ich wusste nicht, was traurig war, was nicht.

Traurig fand ich, wieder in der butterweichen Umklammerung meines Elternhauses gelandet zu sein, weil eine Unachtsamkeit, eine Schlamperei, eine Dummheit mich um Wohnung und Arbeit gebracht hatten. Ein Sog, dem ich nicht zur rechten Zeit widerstand, riss mich zurück in das düstere Haus am Hang, in das Zimmer mit der Dachschräge, Schauplatz einer gequälten Jugend bei guten, wohlmeinenden Eltern.

Nicht die quälten mich. Das lag ihnen fern. Unfreiheit quälte mich, Beaufsichtigung, Kontrolle, aufdringliche, beobachtende Liebe. Wache Augen schienen durch die dunkel getäfelten Wände zu dringen. Die alte Villa der Jahrhundertwende, das düstere Jagdschloss eines Fabrikanten, war durchtränkt vom Patriarchat, von barschen Vätern, katzbuckelnden oder aufständischen Kindern und weinerlich vermittelnden Müttern.

Was meine Jugend betraf: Die hatte überhaupt erst begonnen, als ich aus dem Hause ging; da erst begriff ich, dass ich einer ungeöffneten Packung glich, einem ungelesen verstaubenden Buch. Ich wäre ohne die aufrüttelnden, unbequemen Freiheiten meiner Studentenbude verwelkt wie eine nicht aufgeblühte Rosenknospe — wenn denn einem jungen Mann dieser Vergleich erlaubt ist.

Wie nun geriet ich nach Sturm und Drang zurück in das Haus meiner verwitweten Mutter? Ein halbherzig ausgefüllter Posten, Kündigung und Arbeitslosigkeit, ein hastiger Zuzug in die Wohnung einer Freundin, ein rechtloser Zustand, Streit, Auszug — wohin? Die Bude war aufgegeben, bei Mutter, die unter der Einsamkeit ihrer Witwenschaft litt, ein ganzes Haus fast leer: halb zog sie ihn, halb sank er hin.

Ich habe von diesen fliessenden Wassern geträumt, in die ich von der Brücke aus starrte, bis die Brücke zu fahren schien. Ich flog im trüben Licht des Winters nah über der strömenden Flut.

Zum Greifen nah war ihre Oberfläche. Ich hatte Lust und zugleich Angst einzutauchen, was weiter geschah, weiß ich nicht.

Morgens ist der erste Gang hinunter zum Fluss, schauen, ob das Wasser noch steigt, es ist in der Nacht tatsächlich gestiegen. Zum Frühstück hätte ich zurück sein sollen. Hatte mich etwa eine halbe Stunde von Zuhause entfernt. Ich vergaß auf der Brücke die Zeit. Aber ehe ich begriff, dass mich der Fluss zu bannen begann, sah ich das Boot.

Es legte an einem Haus an, das ich für evakuiert — des Hochwassers wegen — hielt. Ein junger Mann lenkte das Boot. Er hielt sich mit einer Hand am Regenrohr fest, mit der anderen warf er ein paar Sachen in ein Fenster im ersten Stock. Warum bleibt er dort? Wäre es nicht schlauer, er hätte es längst verkauft?

Aber wieviel würde er denn noch dafür bekommen, bei der Lage?

Also versucht er, es zu halten. Ein Dach über dem Kopf.

Das wurde mir klar, während ich ihn von der Brücke aus beobachtete. Wie richtet er sich da ein? In einem Haus, dessen Erdgeschoss komplett geflutet ist? Ich konnte nicht aufhören, ihm zuzusehen, bis er alles ausgeladen hatte.

Dann stieß er ab und ruderte gemächlich auf die Brücke zu, auf der ich stand. Lange war ich im Zweifel, ob er meinetwegen in diese Richtung paddelte.

»Katastrophentourist, was?« lachte er mir ein wenig spöttisch zu.

2 *Überschwemmter Weg bei Stade*

Ich schüttelte den Kopf und erklärte ihm, dass wir in der Nähe wohnten.

»Fröhliche Weihnachten«, sagte er.

»Wohin fahren Sie?«

»Holz holen. Der Strom ist weg. Der Heizkeller ist abgesoffen.«

So kam es, dass ich gleich darauf mit ihm im Boot saß. Er steuerte dem Wald zu, wo ich mit ihm zusammen klamme Äste aufsammelte. So kam es, dass ich mir für einen wildfremden Menschen die neue Windjacke mit Baumflechten einsaute, dass ich ihm zu seiner Festung folgte, zu dem Haus, das nur noch mit erstem Stock und Dach die Flut überragte. Nicht ganz ohne Mühe luden wir das Holz auf den Balkon und stiegen — ich noch ungeübt — in das Haus.

Hier herrschte chaotische Fülle. Der junge Mann hatte alles Wertvolle in den Oberstock geschafft. Ich hatte jetzt Zeit, ihn näher zu betrachten. Als erstes fielen mir die langen, weichen Wimpern auf, die seinen grauen Augen etwas Verträumtes gaben. ein sehr symmetrisches Gesicht, dabei etwas seltsam geschnitten. Die Augen schienen je nach Blickwinkel etwas schräg zu liegen, was ihm in manchen Augenblicken etwas Dämonisches gab, dann aber wieder etwas Kindlich-Unschuldiges. Der Mund war fein geschwungen, die Nase war lang und gerade, und manchmal blähten sich die Nüstern. Er war nicht groß, grazil und eher zerbrechlich gebaut. Dario war sein Name. Nicht Dari.

Er setzte den Kamin in Brand, dann hatten wir Zeit, einander genauer in Augenschein zu nehmen. »Und du?«

»Hermann«, gab ich Auskunft, und mir schien, er müsse ein bisschen über diesen altmodischen Namen grinsen. Nein, das tat er nicht.

Alles an ihm gefiel mir. Schaute man genau hin, war er etwa um die Dreißig. Er trug die aschblonden Haare lang, aber einfach und praktisch zusammengebunden. Mir gefiel der Anflug von Sommersprossen, auch die feine Narbe auf der Oberlippe, die ich für ein Kennzeichen der Abenteurer halte. Er hatte mich ebenso aufmerksam betrachtet, dann fuhren wir fort, das inzwischen trockene Holz, das er gestern und vorgestern gesammelt hatte, neben dem Kamin aufzustapeln. Indessen würde das Holz von heute auf dem überdachten Balkon trocknen.

Nun begann ein hochromantisches Lagerleben. Dario entfachte im Kamin ein Feuer aus armdicken Aststücken, schöpfte sauberes Wasser aus seinem Reservoir, der vorsorglich bis zum Rand gefüllten Badewanne, er füllte den Kupferkessel und setzte ihn aufs Feuer, um Kaffee zu brühen. Auf die gleiche Weise kochte er Eier und röstete sogar Toastbrot über der Glut, dann frühstückten wir.

Ob er Katastrophentourismus schlimm finde, fragte ich ihn. »Nur wenn die Rettungsarbeiten behindert werden«, meinte er, »aber das steckt im Menschen so drin, das kannst du nicht verhindern.«

»Wieso?«

»Jeder will doch nachsehen, ob er selber bedroht ist, oder? Das kommt wohl noch von den Urmenschen. Nur die haben überlebt, die rechtzeitig nachgeguckt haben.«

So habe ich das noch nie gesehen.

Irgendwann fiel mir ein, dass ja noch ein Frühstück auf mich wartete, nämlich bei meiner Mutter, und dass sie bestimmt schon in Sorge war.

Zumal der Flusspegel immer noch stieg.

»Geht dein Telefon?« fragte ich.

Nein. Diese Möglichkeit entfiel.

Einen Augenblick erwog ich, ihn zu bitten, mich gleich wieder zur Brücke zu bringen, wo er mich aufgelesen hatte. Dann verwarf ich es und überlegte mir anderes und überlegte...

Als ich wieder aufwachte, legte Dario gerade Holz nach. Ich fand mich unter einer Decke; die Stiefel hatte er mir ausgezogen. Ich hätte immerfort so liegenbleiben mögen. Der Wind heulte und bewegte vor trübem Himmel die Zweige vor dem Fenster.

»Wieviel Uhr?«

Oh, Gott, inzwischen werde ich längst zum Mittag erwartet. Ich muss Bescheid geben!

Er schlug vor, mich zur Brücke zu rudern, dann könne ich heimgehen, es erklären, und er werde solange auf mich warten.

»Sie wird mich nicht gehen lassen«, wandte ich ein.

»Oder ich kann dich zur Tankstelle rudern, da gibt es eine Telefonzelle«, war seine nächste Idee, »und du rufst an, du bist vom Wasser abgeschnitten und musst bei einem Bekannten übernachten...«

»Und bei welchem?«

»Dario Melek-Nickel. Muss die Mama das so genau wissen?«

»Es gibt Terz, wenn sie nicht genau weiß, bei wem ich bin.«

»Es wird mehr Terz geben, wenn sie genau weiß, bei wem du bist...!« Und er lächelte seltsam.

Und so machten wir es dann. Ich kam mir, da ich meine Mutter enttäuschte, schweinisch vor. Aber das gab sich bald.

Eine halbe Stunde später waren wir wieder zurück im Haus. Das Wasser hatte aufgehört zu steigen. Wenn es weiter fiel, musste ich eigentlich nach Hause. Vielleicht nicht, wenn's dunkelte... »Du musst nicht«, sagte er nachdrücklich, »du bist erwachsen.«

Wieder hatten wir das Boot voll Holz geladen, stapelten es auf dem Balkon und machten es uns gemütlich.

Eigenartige Gemütlichkeit! Im Untergeschoss gluckerte das gelbe Flusswasser. Dario kochte am Kamin. Er hatte einen kleinen Kocher mit Propangasflasche, die hielt er in Reserve. Er hatte auf dem Dachboden ein Notquartier eingerichtet, falls das Wasser auch das Obergeschoss erreichte.

Und wir redeten. Wir gestanden einander unsere Joints, hatten diese Experimente aber schon beide aufgegeben. Ob es Leben auf dem Mars gegeben hat, das diskutierten wir, und ob neuseeländische Papageien Schafe töten oder nicht — sie tun es. Wir einigten uns darauf, die Schule abzuschaffen und in der 3. Welt die Kinderarbeit, sie aber bei uns maßvoll zuzulassen. Während wir sprachen, war er so nebenbei — als sei er sich dessen selber nicht bewusst — zu mir unter die Decke gekrochen. Es machte mich noch befangener. Verkrampft vertiefte ich das Thema, von dem wir gerade sprachen. Von Undinen und Nöcken, und ob diese Überschwemmungen ein Übergriff von diesen sei.

Dario glaubt das.

»Man opfert ihnen nicht mehr, das rächt sich.«

Mir schien, ich sei einem Esoteriker in die Fänge geraten. Dieser Typ hat einfach keine Lust, sich evakuieren zu lassen, und dazu braucht er noch Gesellschaft. Nutzt vielleicht die sturmfreie Bude, bis das Wasser geht und seine Frau kommt!

Ich hörte die Stimme meiner Mutter. Sie hatte mit wunderbarer Genauigkeit den Schwachpunkt bei meiner Freundin gefunden, seit ich den Fehler gemacht hatte, sie mit nach Hause zu bringen. Wenn ich mich darüber bei meinem Vater beschwerte, setzte er noch eins drauf: »Sie ist halt eine gute Menschenkennerin, sei froh, dass sie sie rechtzeitig durchschaut!« Was durchschaute sie denn? Fehler, mit denen es sich durchaus leben ließ, und das hätte *ich* ja auch müssen, nicht sie. Fehler, die ich bis dato an meiner Liebsten noch nicht entdeckt hatte, zugegeben. Aber mit denen ich mich hätte arrangieren können.

Aber sie hatte es immer schon gewusst, und als die Beziehung sich auflöste, war ihr Kommentar: »Es konnte ja nicht anders enden.«

Bei meiner zweiten Freundin riskierte ich nicht mehr, sie vom Röntgenblick meiner Mutter durchleuchten zu lassen. Ich zog im Trotz zu ihr und gab mein Zimmer auf.

Wenig später war ich Objekt einer gnadenlosen Umerziehungscampagne. Da saß ich also in der Falle. Unter anderem begriff ich, dass einer der größten Fehler darin bestehen kann, eine erzürnte Feministin durch launige Bemerkungen aufheitern zu wollen. Es ist etwa so aussichtsreich, wie eine brennende Friteuse mit Wasser löschen zu wollen, wenn man versuchte, sie darauf hinzuweisen, dass ihr jetzt der Humor abhanden kam. Oder gar PMS zu vermuten, wenn sie über jeden Kleinkram in die Luft ging. Diesem Erklärungsversuch verdankte ich eine eindrucksvolle einstweilige Erschießung. Das hatte mich eine gewisse Vorsicht gelehrt.

Es war einer Tour mit Kumpels zu danken, dass mir klar wurde, warum meine Beziehungen in die Brüche gegangen waren. Ich hatte mich aus dem Trommelfeuer der Trennung in die Arme meiner männlichen Freunde geflüchtet, hatte im Suff lockere Sprüche, eher feierliche Beteuerungen, gemacht, nach dem Motto, mit Frauen sei ich jetzt fertig, ich würde ab jetzt schwul werden. Meine Kumpels grölten vor Lachen und ließen mich diesen Vorsatz auf einem Bierdeckel unterschreiben, den sie mir ins Hemd steckten. Am anderen Morgen war keine Erinnerung an diesen Schwur mehr da, nur der unterschriebene Bierdeckel, der hämische Zeuge meiner Stunde der Wahrheit. Denn jetzt entdeckte ich, wovor ich immer weggelaufen war, nämlich vor der Erkenntnis, was ich wirklich wollte.

Woher Dario das wusste? Es war mir schleierhaft; denn ich war noch nicht so weit zu verstehen, dass Menschen mit gleichen Neigungen einander bisweilen auf den ersten Blick erkennen können, sicherlich aber durch Beobachtung von Gesten und Gang, spätestens am Tonfall. Mir war nicht klar, wie sehr ich mich schon dadurch geoutet hatte.

Vor Dario hatte ich noch nie mit einem Mann geschlafen. Er hörte sich meine Beichte dieser Entdeckung und des Bierdeckel-Coming-Out in aller Ruhe an und versank mit seinen Augen in meinen. Er lachte darüber nicht, bis ich es selber tat. Kann er sich so beherrschen?

»Ja, kann ich. Denn wenn darüber gelacht werden sollte, dann steht es dir zu, damit anzufangen.«

Das machte mich einen Moment sprachlos.

Noch nie hatte jemand so entschlossen meine Würde geschützt. Ich saß einige Minuten nur da und las in seiner Mimik — oder versuchte es wenigstens.

Mir wurde klar, dass ich noch nie einem Mann so lange in die Augen gesehen hatte; denn wenn du einen Heterosexuellen so fixierst, bietet er dir eher eins in die Fresse an als ein zärtliches Tête-à-Tête. Er stellte mir viele Fragen, nicht aufdringlich, nicht ungläubig, sondern gab mir Raum, mich zu entfalten, und einen Grund dafür.

Er lockte mich und berührte mich hypnotisch, er zog mich auf so geduldig fordernde Weise zu sich hin, er weckte Empfindungen in Partien meines Körpers, die ich ohne sein Zutun nie als erogene Zonen eingestuft hätte; ich versank unter seinen stetigen Berührungen in träges Träumen, kam so sanft, driftete weg, noch bevor es ganz vorbei war... ich schloss die Augen und sah mich plötzlich im Schlauchboot über die lehmigen Wasser treiben und wusste: Es ist dasselbe.

Ich war abgelenkt von dem Kurs, den ich sonst verfolgte: Konsequentes Hineinsteigern, zum Höhepunkt kommen — es verlief sich, es verlor sich, es löste sich auf, ich driftete dahin wie ein Blatt auf der strudelnden Flut und ging unter.

ICH HATTE GESCHLAFEN, ER OFFENBAR NICHT.

Er machte Abendbrot, wirtschaftete am Kamin, pendelte mit leichtem Schritt zwischen dem Wasservorrat im Bad und dem Zimmer. Er lachte mich an, als er mich sah: »Hunger?«

Ich wusste es nicht. Wenn mich doch etwas wecken möchte!

Ich hatte die Augen offen, aber den Schlaf vertrieb das nicht, vielleicht sollte ich es mit Ohrfeigen und starkem Kaffee versuchen. Stattdessen schloss ich noch einmal die Augen.

Bilder wie aus Filmen von Tarkowski erschienen, lange, müde Einstellungen auf flaches Wasser, Dinge, die darin trieben, im Medium der Erinnerung.

Und wieder sah ich mich im Schlauchboot auf dem Fluss, schien über dem Waser zu schweben. Dann verschwand das Boot; ich bewegte mich im Gleitflug, manchmal so nah über der Wasserfläche, dass ich sie im nächsten Moment mit der Nase berühren musste und tat es nicht — mangels Nase.

Zwischendurch gesellte er sich wieder zu mir. Fantasievoll und zartfühlend. Vielleicht hätte ich das abgelehnt, was ich mit schwulem Sex verband, was ich aus Pornos und Witzen kannte, was andere breitgetreten hatten, um zu beschämen.

Aber das, was ich noch nicht kannte, war unschuldig und bezaubernd. Ich ließ mich führen, und doch kratzte das nicht an meinem Stolz, er bewies seine Erfahrung, ohne mir abgebrüht vorzukommen, sondern inszenierte seine Verführung, als sei es auch für ihn das erste Mal.

Und wieder glitt ich automatisch in den Schlaf, wieder vermischten sich Traum und wirkliches Geschehen, von mir aus ein Geschehenlassen, und ich driftete und schwebte ab.

Ich umkreiste dieses Haus. Es war aus dem gelblich-grauen Sandstein des Untergrundes gebaut. »Es hält jeder Flut stand«, hörte ich Dario sagen.

Ich flog aufwärts und über das Dach, schaute in die Bodenluken. Dort stand ein alter Eisenofen neben einem Nierentisch und einer alten, aber wenig attraktiven Truhe.

Von dieser Höhe aus sah ich die Dächer von Ellerbach. Die Zerne glänzte im letzten Abendlicht breit und bedrohlich. Sie schien zu grinsen. Selbst die St.-Peter-Promenade lag unter Wasser. Ich machte in der Ferne kleine Boote mit orange gekleideter Besatzung aus, wie sie angestrengt durch die Fußgängerzone paddelten — da rief mich Darios Stimme zurück: »Toastbrot oder ungeröstetes?«

Mit dumpfem Ruck kam ich unten an. »Toastbrot«, murmelte ich, ehe ich mich recht besann, was das denn sei.

Wieder verging ein Tag mit mehr Traum als Wachen.

»Du solltest vielleicht mit zu mir kommen, in dem großen Haus ist Platz genug«, schlug ich vor, »du musst hier nicht die Stellung halten, ich glaube nicht, dass hier noch jemand einsteigt und Wertsachen sucht…«

Er schüttelte den Kopf. »Du hast mir doch von Detective Mom erzählt«, lächelte er, »willst du dich wirklich outen?«

Das fuhr mir in die Knochen. Ja, wenn sie uns sehen würde, dann würde sie Eins und Eins zusammenzählen.

»Egal, was sie denkt, man muss es ja nicht zugeben«, trotzte ich.

»Ein einmal erwachter Verdacht hat neun Leben«, widersprach er mir, »und ein einmal gesprochenes Wort holt niemand zurück.«

»Ich bin niemand, der sich einfach verplappert!« trumpfte ich auf.

»Ich gehöre hierher«, fuhr er fort, »ich bewache das Haus meiner Ahnen, wir leben hier seit über 200 Jahren.«

Ich sah ihn verwundert an, mochte ihn nicht fragen, ob es das wert sei.

»Dann enterbt sie mich halt!« Ich zuckte mit den Schultern.

»Stell es dir nicht so leicht vor, ohne den elterlichen Segen zu leben!«

Doch, das wusste ich. Ich erinnerte mich ihrer lauten Klagen: »Wofür haben wir denn jetzt das große Haus gekauft, wenn du nicht irgendwann mit Frau und Kindern hier lebst?«

Ich erzählte ihm von dieser 'Arie der sterbenden Medea', wie ich es nannte. »Medea starb nicht«, korrigiert er mich, »sie wurde auf einem Drachenwagen des Gottes Helios fortgeführt.«

»Das bringt sie auch noch fertig«, seufzte ich.

Toast am Feuer zu rösten verlangt sehr viel Aufmerksamkeit. Überhaupt fand ich es mühsam, am offenen Herd zu wirtschaften wie im Mittelalter. Dennoch war es unglaublich romantisch; in die Flammen zu schauen zog mich wieder in die Traumwelt. Die Tage sind kurz in dieser Zeit, wieder neigte sich das Licht.

»Wenn du über Nacht bleiben willst, müsste ich auch das Schlafzimmer heizen«, höre ich ihn von nebenan. Dann kam er wieder herein, setzte sich zu mir und reichte mir das Brot, »ich finde es da entsetzlich klamm, aber die Heizung und der Strom sind ja ausgefallen.«

»Hat es denn einen ziehenden Schornstein?« fragte ich.

Er bejahte.

»Dann können wir doch den kleinen Eisenofen vom Dachboden holen«, überlegte ich, »und ihn mit den Briketts feuern, die du im Bad hast...«

»He, woher weißt du denn von dem Ofen?«

Da fiel mir auf, dass ich doch nur geträumt hatte.

»Unsinn«, sagte ich peinlich berührt, »ich dachte, du hast einen Ofen auf dem Dachboden...«

»Hab' ich auch.«

Und er lockte mich nach oben. Siehe da, zwischen Truhe und Nierentisch stand er, genau wie eben gesehen.

Er war schwer. Wir kippten ihn mit Hilfe seiner Löwenfüßchen Stück für Stück zur Treppe, wobei er eine feine rosagraue Aschenspur legte. Dann ließen wir ihn an einem Seil ins Wohngeschoss hinab. Ich entfernte die Rauchklappe aus der Wand und passte das Rohr ein. Ich verputzte die Fuge, dann feuerten wir den Ofen. Er zog gut.

Das Klamme blieb. Wir ließen den Ofen ausgehen und kuschelten uns wieder auf dem Lager im Wohnzimmer ein. Der

Kamin war inzwischen ausgegangen. Wir zündeten ihn neu an und begegneten uns von neuem im zerwühlten Nest.

Da sprach das Mägdelein mit dem nassen Gewandsaum: »Nun geht zu dem Feenhügel, Herr, aber was immer geschieht, Ihr müsst schweigend weitergehen und dürft Euch nach mir nicht umdrehen, so werde ich Euch gehören. Der Jüngling schritt also tapfer aus, wiewohl das Dunkel rabenschwarzen Wänden gleich um ihn stund. Doch kannte er von diesem Pfade jeden Stein und fürchtete nicht, sein Ziel zu verfehlen. Auf einmal erhob sich ein Rauschen und Tosen hinter ihm gleich wie ein Sturm, und ein Rasseln und Knacken wie von Feuersbrunst. Er aber fasste sein silbern Kreuzlein und hielt stand, bis der Spuk verschollen. Darauf erklangen hinter ihm Hörner, lautes Gebell und das Schlagen von Pferdehufen, wilde Stimmen und ein Klingen von Metall, endlich so heftig, als föchten zwei Heere. Doch wieder blieb er gefasst und erwehrte sich des Gespenstes.

Nun ward die Stille hinter ihm vollkommen. Nichts regte sich mehr. Da vernahm er die zarte Stimme des Meermädchens, das einen leisen Seufzer tat, als schwänden ihm die Sinne, als sänke sie in Ohnmacht. Sogleich war er herzlich um sie besorgt und wandte sich um, ihr zur Hilfe zu eilen mit dem Rufe: »Was ist dir, Holdes?«

Da sah er sie die Hände ringen und wehklagen, und indem sie so tat, versank sie im Dunkel, und nur der Ruf hallte ihm zu: »Weh, nun werden wir uns nimmermehr wiedersehen.«

ER KOCHT AUSGEZEICHNET. DABEI MUSS ER IM MOMENT SEHR IMPROVISIEREN.

Er hat Dosen, Obst und Gemüse in Gläsern und Trockenfutter gebunkert, als abzusehen war, dass der Strom ausfallen würde.

3   *Disteln, Fotonegativ*

Kerzen, Feuerzeuge und einen Grundvorrat Kaminholz hat er gewöhnlich sowieso auf Lager. Die Zerne fließt nicht zum ersten Mal durch dieses Haus. Wieder kocht er, essen wir, machen Liebe und dösen ein.

»Es hält jeder Flut stand«, sagt er; mir scheint, ich hätte diese Worte schon einmal von ihm gehört. Geträumt habe ich sie, vielleicht in den Schlaf hineingenommen.

Inzwischen ist es tief in der Nacht; ich hielt es im Halbschlaf für Nachmittag. Ich fange an, die Orientierung zu verlieren. Ich bin müde und schlafe doch nicht tief, ich erwache von seinen Bewegungen, fühle Lust auf ihn und schlafe in den Vorbereitungen wieder ein, registriere noch nicht einmal, ob er denn nun wollte, bin zu schläfrig, um Egoist zu sein und auch zu müde für das Gegenteil. So schwanke ich Stunde um Stunde am Rande des Schlummers entlang und fühle jede seiner Bewegungen.

Ich bin es nicht gewöhnt, mit jemandem in einem Bett zu schlafen. Ich finde es wundervoll. Er rankt sich um mich wie eine Winde, wie eine Schlange, kühl und glatt. Ein Strudel dreht sich vor meinen geschlossenen Augen.

Wie in einem Hubschrauber hebe ich mich über die gelben Fluten. Die Straße nach Ellerbach wird sichtbar. die Zufahrt zu uns, zum Haus meiner Mutter, ist immer noch erkennbar unter dem Wasser.

Mutter sieht fern und telefoniert. Vielleicht meldet sie mich als vermisst... Unsinn. Schließlich habe ich ihr gesagt, dass ich bei einem Bekannten bin, dass ich über Nacht fortbleibe. Ich bin schon groß, ich kann auf mich aufpassen.

Ich kreisele durch ein Chaos. Pariser Metrogitter verwandeln sich und entstehen aus Blossfelds Pflanzenfotos. Schlagartig bin ich wieder klar. Aber ich öffne die Augen nicht.

Kaleidoskopisch ordnen sich die Ranken und die metallischen Kastanienknospen mit ihren einfältigen Teddygesichtern und klaffen Löwenmäuler und sprudeln Kirschblüten fünfgestaltig auseinander. Zitternd spreizt Iris ihre Segel. Ich beginne, mit ihnen zu spielen. Holunderblüten, zarte Sterne, sie wuchern wie Schneeflocken durch mein Sehfeld. Winden werfen ihre Lassos aus und vertäuen sich mit pedantischen Windungen und trompeten das Siegeslied der Flora aus ihren Trichtern. Die Espe ist tausendfach silbrig beflaggt und zittert vor Freude. Halleluja, die Lilien bersten krachend auf. Und Taxus zuckt im fraktalen Rausch im Zeitrafferwachstum.

WAS IST? WO BIN ICH?

Ich erwache zur schnöden einachsigen Symmetrie meiner Menschengestalt. Dario, mein bittersüßer Nachtschatten, liegt immer noch um mich gewunden, mit langen, schlanken Armen und Beinen um mich geflochten. Vor den Fenstern graut der Morgen. Das Wasser ist gefallen. Nackt auf bloßen Füßen habe ich es festgestellt und fliehe zurück ins Bett. Eigentlich habe ich schon lange genug geschlafen, aber ich habe Bilder genascht, die ich so noch nie sah, und die will ich noch ein bisschen genießen. Wenn ich sonst Dinge vor dem inneren Auge sah, dann stets nur wie eine Erinnerung, nie mit dieser Klarheit.

Was ich vor geschlossenen Augen sonst wahrnehme, das sind vielleicht wolkenhafte, fließende Flecken in Dunkelrot, Hellgrün und Orange, vielleicht auch Nachbilder zuvor geschauter Lichter, der Sonne oder von Scheinwerfern, aber nie Blumen, Sterne oder Kaleidoskopbilder. Die sind meine wundervolle neue Entdeckung.

Was kommt nun? Dämmern und ausprobieren!

Aber statt neuer Bilder nur andere wirre Träume.

Hunger weckt mich und das Klappern von Geschirr.

Mir fiel ein, dass ich meiner Mutter das Weihnachtsfest versaut habe. Und ich habe auch noch ein wunderbares Geschenk bekommen als Lohn für meine Treulosigkeit, nämlich Dario. Und er mich.

Ruhig wirtschaftet er am Kamin und fragt spöttisch: »Schon wach?«

Er hat die hohe Emaillekanne in die Glut gestellt, gelegentlich scheppert der Deckel. Dann zieht er die Kanne mit dem Feuerhaken aus der Hitze und fasst den Griff mit dicken Topflappen. Wunderbar primitiv und romantisch ist das, ein Frühstück für Verliebte, die hinterher wieder schnäbelnd ins Sofa sinken. Er hat so ein verstecktes und doch ansteckendes Lachen, es erinnert mich an Kinder, die etwas Geheimes aushecken, ich versuche immer wieder, es hervorzulocken, meine Witze sind vielleicht nicht taufrisch, aber er ist nett, er lacht.

Nach dem Frühstück ist unser Vorrat an Feuerholz zusammengeschrumpft. Wir raffen uns auf, neues zu holen.

Das Wasser ist schon so weit zurückgegangen, dass man ein paar Stufen hinuntersteigen und ins Untergeschoss spähen kann. Dort war nichts Wertvolles mehr. Ein paar Obstkisten dümpeln in der trüben Brühe.

Dario lebt mit Überschwemmungen. Wenn der Garten wieder auftaucht, wird er mir zeigen, wo er in der warmen Jahreshälfte Möhren, Gurken, Salat und Kohlrabi zieht, wo die Himbeeren wuchern und auf dem Kompost der Kürbis schwillt. Was der Garten hergab, hat er mit geradezu großmütterlichem Fleiß in Gläser gefüllt. Das hat er vor dem auflaufenden Wasser geschwind hinaufgetragen und im Schlafzimmer gestapelt. Davon leben wir nun — und von den großen Mengen Nudeln, Reis und Getreide, die er ebenfalls gerettet hat. Welch ein Kraftakt! In Windeseile treppauf, treppab und alles erstmal im Flur gestapelt. Was für ein Glück!

Die Lust an der Not... Das Primitive an der Kocherei, am Nacht- und Taglager stört mich nicht, im Gegenteil, es steigert meinen Genuss an dieser gefährdeten Behausung zum kindlichen Traum.

Schon zieht es uns wieder in unser Nest. Es ist so unkompliziert. Keine langen Werbeveranstaltungen mit unsicherem Ausgang, keine endlosen Beziehungsanalysen, nur 'ich will — du willst — tun wir's!' Und was ist schöner und natürlicher als ein kurzer Schlaf danach?

Vielleicht eine Zigarette zu rauchen, aber das gilt ja nur für Raucher. Er neidet mir den kurzen Schlaf nicht, er ist ja auf seine Kosten gekommen. Auch er nickt wieder ein. Er atmet leise an meinem Ohr.

Gelbes aufgewühltes Wasser gurgelt durch Lehmziegelgassen. Unter der Oberfläche klingt das Rauschen dumpf, als die Ströme durch Türen und Fenster dringen. Wo sind die Bewohner der Stadt?

Hier ist sie trockengefallen. Nicht genug Menschen sind übrig, um die Toten zu begraben. Sie fliehen den Ort mit allem, was sie tragen können. Das Vieh ist ersoffen, Wagen und Karren sind fortgeschwemmt und zertrümmert, stecken im gelben Schlamm.

Ich habe, nachdem die Flut mich durch die Gassen riss, an einem Erker Halt gefunden und mich mit letzter Kraft auf das Flach-

dach gezogen, habe durchnässt auf den Morgen gewartet. Kein Feuerholz ist da, kein Flintstein. Kein Mensch ist mehr in dem Haus, das mir Schutz bietet.

Am Morgen entdecke ich andere Überlebende auf benachbarten Dächern, die wenigen, die wie ich entkommen konnten. Noch trennen uns trübe Kanäle, müssen wir auf unseren Inseln aushalten in einem Venedig ohne Brücken.

Die Sonne trocknet meine verdreckten Kleider. Ich schüttele den Lehm ab, als er zu Staub wird, ich klopfe meinen Mantel aus — wozu? Keiner ist übrig, der feiner aussieht als ich. Nur Davongekommene sind wir. Später werden wir — mit dem wenigen Brauchbaren — verwaist in die Ebene hinausziehen, den Bergen zu. Vergiss die Stadt. Der Fluss wird seine Opfer selbst begraben. Die Gassen sind von Leichen vergiftet.

Der Fluss hat an seiner Beute Gefallen gefunden und wird sie aufsuchen, bis niemand von dieser Stadt mehr weiß.

WAS WICHTIG IST, SPIELT SICH AB, SOBALD ICH DIE AUGEN SCHLIESSE.

Zwischendurch leben und lieben wir, suchen Holz, machen uns etwas zu essen, trinken Tee und reden ein wenig. Er scheint desinteressiert an meinen Träumen, die mir so wahr und wirklich sind, vor allem, wenn ich nach dem Aufwachen mit geschlossenen Augen daliege. Mag sein, dass ich mich bei meinem vorigen Traum gefürchtet habe, aber geblieben ist nichts als Neugier, in nahezu süchtige Wissbegier gesteigert von Mal zu Mal. Und ich frage mich nicht einmal, was solche Träume auslöst. Nur, dass ich hier mehr schlafe, auch mitten am Tag, das bemerke ich wohl. Aber ich will's nicht besonders bewerten oder erforschen.

Schon geschieht es, dass ich Darios Liebkosungen abwehre —
»Moment« —, denn ich mag die Augen nicht öffnen, mag die
Bilder nicht vertreiben. Weiß er denn, was mit mir passiert? Ich
mag davon nicht reden, ich denke, es unterbricht den Film, und
ich will doch nichts versäumen, mir scheint, ich fände plötzlich
Aufschluss über Rätsel, die ich sonst nicht hätte lösen können.

Vielleicht muss ich, wenn die Flut sich verzogen hat, denn
doch heimkehren, und dann ist meine Mutter tot, das Haus verkauft, die Stadt nicht mehr zu erkennen, mein Bruder ein alter
Mann, dann sind sieben oder siebzig Jahre vergangen oder sieben
mal siebzig, und ich errege Anstoß wegen meiner altmodischen
Tracht, die seit Menschengedenken keiner mehr sah, ein Ötzi aus
dem Fluss, ein Überlebender aus der Stadt der Ertrunkenen werde ich sein.

Ich sehe das Haus inmitten der Wasserfläche. Träg strömt
das Wasser um die bizarren Apfelbäume. Schwarz mit silbernen
Schlieren windet es sich um die Stämme. Das soll wieder Darios
Gemüsegarten werden, wenn das Wasser sich verzogen hat?
Nichts da. Der Fluss hat sein Bett verlegt. Dieses Haus liegt nun
mitten in seinem Terrain. Misstrauisch schleicht er um alles, was
sich ihm in den Weg stellt...

»Wie?«

»Du kannst wohl nur schlafen.«

Irrtum. Ich schlafe nicht, ich arbeite. Ich forsche, reise,
sammle, sichte, vergleiche, suche, erfahre.

Das Wasser steigt wieder. Es heißt, die Zernetalsperre sei
trotz Hochwasserwarnung so gut gefüllt gewesen, weil die Betrei-
ber auf keine Mark aus dem Erlös des Wasserkraftwerks verzich-
ten wollen. Darum haben sie den Pegelstand nicht rechtzeitig
abgesenkt. Enteignet die Kraftwerksgesellschaften! Windmühlen

für alle! Sperrt die Atom-Lobby in Solarzellen! Bildet Radfahrge-
meinschaften! Es lebe die pedalgetriebene Straßenbahn!

Sei nicht albern.

Ich hatte einen furchtbaren Traum. Dario ließ mich nicht fort. Er
hatte das Boot versteckt. Ich bat und flehte — er lachte nur. Als
er jedoch in das Untergeschoss schaute, gab ich ihm einen Stoß,
sodass er ins Wasser fiel, und warf die Klappe zu. Er klopfte und
rief. Das Wasser stieg. Er schrie. Irgendwann gurgelte es, und er
verstummte. Noch schwächeres Klopfen, dann Stille, nur das
Glucksen kleiner Wellen unter der Falltür.

Und nun? Hat mich das weitergebracht? Gibt mir das die
Kraft, mich von diesem Ort zu lösen?

Ich erschrecke vor mir selbst. Habe ich da etwas übersehen?
Was ist da in mir aufgestanden? Wie kann es sein, dass ich dieses
liebenswürdige Wesen zu einem Monster mache, das mich gefan-
gen hält?

Er schaut mich an, als könne er Gedanken lesen.

»Bist du sicher, dass ich dich nicht überrumpelt habe?«

»Wie — überrumpelt?«

»Bist du wirklich schon damit einverstanden, schwul zu
sein? Ich meine, das ist ja alles sehr neu, und du bist konservativ
erzogen...«

Ich hasse es, wenn man in mir herumbohrt.

»Dario, ich muss weg hier.«

Ich will es nicht wirklich, und er spürt es. Mein Antrag geht
in Zärtlichkeiten unter, bleibt in seinen Haaren stecken. Ich müsste mich zwingen aufzubrechen. Aber das Bleiben wird unbehag-
licher, je länger es dauert und je stärker der Sog mich trägt.

BEHERZT SPRANG SIE IN DEN BRUNNEN.

Doch tat sie keinen Fall und traf auch nicht auf Wasser oder harten Boden, sondern sank weich herab und gelangte in einen schönen Garten, welcher der Frau Holle gehörte.

Dario ist in die Welt der Frau Holle heimgekehrt. Ich habe gespürt, wie er in den Brunnen sprang und zu den alten Göttern einging. Hat es mich einen Augenblick lang beunruhigt? Ich weiß es nicht mehr. Bilder haben mich fortgeschwemmt.

»Heizen wir doch besser den Ofen im Schlafzimmer«, hat er gesagt — ja, das war noch im Wachen — »die Briketts halten länger vor, und in den Kamin können wir sie nicht legen, die geben Schwefeloxyd ab.«

Und bei Frau Holle war dann ein Brot aus dem Ofen zu holen und waren Äpfel vom Baum zu schütteln. Frau Holle war eine mächtige Göttin. Sie herrschte über die häuslichen Künste. Wer die einst nicht beherrschte, zu faul war, der würde vom Pech verfolgt sein.

Da liegt ihre Stadt im frühmorgendlichen Lichterglanz, im unterirdischen überirdischen Glanz ihres Reiches. Da rumpeln die Karren in den Gassen, da tragen und schuften die Helfer, die als Heinzel verniedlichten Mächte, kleine Starke, antike Götter des Ortes. Und da ist auch Dario, wie er in altertümlicher Tracht Brotteig knetet, weiß von Mehl bis an die Ellenbogen, mehlweiß ist auch sein Gesicht. Er ist fleißig und wird mit Gold entlohnt werden, dort, wo er jetzt ist, mit dem Gold des Himmels, nicht mit dem der Erde. Aber auf mich, den Versager, den Faulen, wird Pech herabregnen, Schimpf und Schande, Spott und Sott — Dario, warum bist du mir so fern?

TAUSEND JAHRE LANG HABEN DIE SCHÜTZER DER ORTE GEDULD GEHABT, NACHDEM DIE OPFER AUFHÖRTEN.

Sie waren langmütig, als die Menschen vergaßen, was sie schuldig sind. Wenn aber nach tausend Jahren der Schutz versagt, dann versiegen die Brunnen, und niemand weiß mehr, wie man die Regentrude weckt. Dann welken die Forste, und wenn doch endlich Regen kommt, dann ein fremder mit aller Gewalt. Dann schwellen die Flüsse zur Unzeit. Und tränken die Äcker, wenn nichts wächst. Wenn dann aber die Saat keimt, brennt eine gnadenlose Sonne auf sie nieder. Kräfte, bislang im Felsen eingeschlossen, kommen durch die Habgier der Menschen frei und schießen ihre Pfeile auf das Leben ab. Aus den Stollen der Berge quillt türkisgrüne und orangerote Giftbrühe. Neue Krankheiten brechen aus.

UND ICH SPRACH EIN GEBET.

»Gerechter Strom! Wasche dieses Land mit deiner Macht und gleiche aus, was der Mensch verschoben hat! Strom, mächtiger Gott, den die Menschen nicht bezwingen, lehre uns...«

Da sah ich ihn. Da stand ich dem Fluss gegenüber und wagte nicht zu atmen vor seiner Macht. Sein rundum von dichtem Haar und Bart umgebenes Gesicht war von schwärzlich-silberner Farbe. Seine Augen starrten rund und hell direkt in meine. Sein Mund stand ein wenig offen. Es war für mich ganz natürlich, dass ich dieses Gebet gesprochen hatte, und noch natürlicher, dass er mir erschien, nachdem ich drei Tage über seinem Rauschen wohnte. Er trug eine Art Stab in der Hand, ähnlich einer Gabel, und um ihn waren die Scharen der Nixen, Nöcke, Naga, Nereiden und Tritonen, die redeten und sprachen: »Wahrlich, ein Sohn des

4 *Brunnen-Triton, Venetien*

Stromes ist er geworden und soll von nun an dem nassen Element angehören.«

In diesem Moment entstand ein phantastischer Aufruhr, ein Klirren und Poltern. Es riss an mir, grobe Stimmen schrien durcheinander. Ich fühlte mich an Armen und Beinen gepackt und spie und röchelte. Männer mit Helmen und orangefarbenen Jacken zerrten mich hinaus auf den Balkon, über uns teilte ein Knattern wie Maschinengewehre die Luft. Ich wurde auf eine Trage geschnallt und stieg in hilfloser Rotation empor.

Mitten im Nichts hing mein Kopf ein wenig abwärts, und ich hustete Wasser aus, das mir über Augen und Stirn lief.

Dann kam ich dem Knattern näher, Arme griffen nach der Trage und zogen mich in das Innere des Hubschraubers. Man lobte, dass ich atmete, doch schien mir das nicht mein Verdienst. Man schalt uns, dass wir in dem Haus geblieben waren, doch schien mir das nicht meine Schuld.

Im Höllenlärm des Helikopters kam ich wieder richtig zu mir, und ich verstand, man kümmere sich um noch jemanden außerhalb meines Blickwinkels. Sauerstoffmasken wurden gebracht, ich bekam auch eine und war deshalb nicht in der Lage, mich zu drehen und zu schauen. Nervosität hinter mir, leise, aber hektische Anweisungen. Pumpende Geräusche. Leises Klimpern von Utensilien.

Ärzte und Sanitäter diskutieren, warum wir nicht aufgewacht sind, als das Wasser kam. Es muss langsam und leise durch die Türritze gesickert sein und hat so die Sauerstoffzufuhr abgeschnitten. Und der Ofen, der mit gedrosselter Klappe schwelte, hat die Schlafenden so mit Kohlenoxyden betäubt, dass das Wasser sie nicht wecken konnte. Gerade noch rechtzeitig...

Nein, nur in einem Fall rechtzeitig. Aus dem Augenwinkel sehe ich, dass da eine Decke über ein Gesicht gezogen wird.

Es konnte nicht anders enden.

5 *Geisterfigur der Giljaken, Sibirien*

TROLLAUGEN

I. IM DIESSEITS NICHT ZU HAUSE

IM UPRIGHT

»Ehrlich, du hast noch nie?«

Martin schüttelt den Kopf. Dabei wirkt er nicht einmal verlegen, sondern eher selbstbewusst.

»Und mit einer Frau auch noch nicht?«

»Schon.«

»Und? War's gut?«

»Es war okay«, beantwortet Martin die Frage.

»Also scheiße«, übersetzt Adrien es unpathetisch, wenn wir nicht sagen wollen, grausam.

Adrien schaut den jungen Mann lange an und kann sich keinen Reim auf ihn machen. Mit Palomas Lieblingsrot auf den Lippen ist er ins 'Upright' einmarschiert. Mit den Gebräuchen in der einzigen schwulen Bar von Butensen scheint er nicht vertraut zu sein. Hast du nicht die Holzfällerparade gesehen, die gerade hier einmarschiert ist? Meinst du, die stehen auf sowas wie dich?

Aber das hat Adrien nicht laut ausgesprochen.

Adrien hat Martin eine ganze Weile beobachtet. Natürlich erkennst du es an der Körpersprache, wenn einer neu ist in einem Gelände. Er fremdelt noch, hält sich an Pfeiler als Rückendeckung, die Hand wandert in die Tasche und wieder hinaus, die Haare werden zehnmal so oft nach hinten gestrichen oder geworfen, wie es nötig wäre. Sie fallen von allein schön.

Absolut Frischfleisch! In unschuldiges Weiß gekleidet, Jeans, Muskelshirt, hübsch braungebrannt. Nicht athletisch, eher sehnig.

Und dann — nee, Hammer. So hältst du sie doch alle fern von dir, Kerl! — kräftig roter Lippenstift. Der hat keine Ahnung. Der weiß noch nicht, wohin er gehört. Den klären wir auf.

Und dann funktioniert der Blickkontakt. Adrien muss noch nicht einmal viel tun. An ihm vorbeischlendern und ihm mit seinem berückenden Akzent an die Schulter murmeln: »'ast du Lüst, an mein Tisch zu setzen?«

Und Martin muss nicht fragen, wo sein Tisch ist, er hat ihn längst bemerkt und auch die Blicke, die schon fast feine Fäden aus Gummi zwischen ihnen gezogen haben, aus unsichtbarem Gummi. Und als Adrien aus der Porzellan-Abteilung zurückkehrt, sieht er es weiß von seinem Tisch leuchten. Und der Mund sieht bei diesem Licht fast schwarz aus. Licht? Was für Licht? Schwarzlicht, das den Jungen auf Muskelshirt und Jeans reduziert, da, auf der zwei Stufen erhöhten Galerie der kleinen Tische. Das überstrahlt schon das Teelicht im Zylinder aus mattiertem Glas.

Adrien lässt sich auf dem Stuhl nieder, dessen Lehne seine Lederjacke aufbockt. »Was trinkst du?«

»Ginger Ale. Danke schön.«

Wie süß, wenn einer noch so uncool ist.

»Wovon sprachen wir?«

»Von George.«

»Wer zur Hölle...«

»Die Frau, mit der ich...«

»George... Sand?«

»Sehe ich aus wie Chopin?«

Adrien lacht. Den Bildungstest hat der Knabe schon mal bestanden. »Na, ich hoffe nicht!« lacht Adrien.

Und dann klärt er ihn darüber auf, was die Do's und Don'ts in dieser Szene sind. Ja, er hat schon hier landen wollen, er sucht einen Mann, soviel weiß er über sich.

»Aber die Kriegsbemalung... Bist du denn Trans?«

»Ehrlich — ich weiß es nicht.«

»Du probierst dich aus.«

»Ich denke, ja.«

»Erzähl mir von deiner Kinderzeit.«

DER ERSTE KREIS

»Lasst ihn doch«, sagte die Oma immer. Martin war das Thema. Die Mutter zeterte. Was er immer macht, wenn er weg ist! Ein Dreizehnjähriger darf nicht so lange verschwinden! Wer weiß, was ihm da passieren kann!

Aber Oma weiß, wo er ist und was er macht. Sie weiß, dass er nicht mit den Plänen seiner Eltern einverstanden ist, die ihn möglichst bald in eine Lehre geben wollen, Schlosser, Schreiner, Tischler, Metzger... Metzger?? Ist euch schon aufgefallen, dass er Veganer ist?

Schnickschnack!

Und? Oma? Wo steckt er?

Er ist dabei, zaubern zu lernen.

Er fing einfach an, auf eine sehr natürliche und direkte Art die Ressourcen seiner Umgebung zu nutzen. Niemand musste ihn lehren außer seinen romantischen Abenteuerbüchern. Ein Steinkreis war selbstverständlich. Man wusste dazu einen verwilderten Platz, der auf allen Seiten von einem hohen Zaun umgeben war, außer auf der Seite, wo der Hund des Schrotthändlers wütete. Der musste gezähmt werden, dann wurde er zum Hüter von Martins Geheimnissen.

Die Zauberhütte musste streng aus Naturmaterialien gebaut werden. Die Bleche und Pappen des Schrotthändlers verboten sich aus ihrer Hässlichkeit von selber. Martin flocht Gerten kunstvoll zu Wänden und Dach der Hütte und ließ Geißblatt und Knöterich darüber ranken. Das hielt auch kurzen Güssen stand. Hier legte er ein äußerst geheimes Verzeichnis an in einer verschlüsselten Sprache, hier wurden einsame Exerzitien geübt, immer in der Obhut der rasenden Bestie, die an ihrer Kette zerrte, bis sie sich fast selbst erwürgte, sobald jemand Fremdes auftauchte, ein wirksamer Warner.

»Und?« fragt Oma, »ist er in der Schule schlechter geworden?«

Im Gegenteil. Er hat sich eisern geweigert zu verraten, was für Übungen er da macht. Vor allem deshalb, weil sie so einfach sind, dass er fürchtet, man könne ihn dafür auslachen. Das Nicht-Denken denken, hat er mal gelesen. Das Buch war aus der öffentlichen Bücherhalle, er hat es aufgeschlagen wegen der lachenden Kerlchen auf dem Umschlag, chinesische Pinselskizzen. Warum sind sie so heiter, die zerlumpten Kerle mit wuscheligen Haaren? Sie denken nicht und sind doch erleuchtet. Das blieb ihm in Erinnerung. Nichts sonst.

Die Übungen begannen Wirkung zu zeigen. Natürlich nur deshalb, weil sie unter dem Siegel der absoluten Verschwiegenheit getan wurden. Er musste nicht mehr viel üben, um gute Noten zu schreiben, laufend kam ihm der Zufall zur Hilfe. Und dann wusste er öfter Dinge, die im Unterricht noch nicht drangewesen waren.

Streber! Streber! Martin wurde vorsichtiger mit seinen Offenbarungen.

Noch immer hat er keinen Alkohol getrunken. Und er erzählt Adrien, was er niemandem bisher erzählt hat.

»Hattest du Freunde?«

In der Pubertät kaum. Nicht einmal sein eigener Körper war sein Freund. Der verriet ihn. Der entschied sich für die falsche Seite. Martins Entwicklung sei retardiert, stellte der Schularzt fest und nahm nicht an, dass Martin ihn verstand. Tat er aber und war nicht derselben Ansicht. Er werde immer noch zu schnell ein Mann, fand er. Damit hatte es doch wirklich Zeit. In diesem Leben musste es nicht mehr sein. Aber die Verzögerung freute ihn doch, es bedeutete freie Kapazitäten und noch eine Weile von den stimmlichen Pannen und dem unproportionierten Wachstumsdesaster der Gleichaltrigen verschont zu bleiben. Die begrüßten stolz die ersten Flaumhaare unter der Nase und mühten sich, sie so bald wie möglich durch Rasierkuren in Borsten zu verwandeln.

Er bleibt der Sonderling, der sich nicht darum kümmert, ein richtiger Mann zu werden.

ES IST EINE HERRLICHE ZEIT, IN DER WIR LEBEN!

Alle kiffen, manche schmeißen Trips, Martin probiert dies und das, gibt es aber bald auf wegen der nervenzerfetzenden Wirkung von Halluzinogenen. Einen Tag völliger Panik hat er diesen verdankt, glaubte, nur aus Beinen und Kopf zu bestehen, glaubte, feindliche Personen hätten ihm die Welt mit Hindernissen zugestellt. Er erschrak vor den Schaufensterpuppen in den schlecht beleuchteten Fenstern des Provinzkaufhauses, vor den Kinoplakaten, den ausgeblichenen Pappen, auf denen Frisurmodelle eher vom Frisörbesuch abschreckten, und die tot-bläuliche Farbe machte ihr Lächeln diabolisch. Unfähig, sich an seine Adresse zu erinnern, saß er in einem kleinen Park auf einer Bank und fror, bis ein Bekannter ihn entdeckte, der den Park aufsuchte, um seine Blase zu erleichtern und gerade noch begriff, dass da einer auf der Bank saß. Hätte er nicht er aus eigenem Erleben erkannt, in welcher Not Martin war, er hätte ihn durch unpassende Fragen in noch größere Not gebracht. Also erinnere er sich an die Wohnung, brachte ihn nach Hause, beruhigte ihn, fand den Schlüssel in Martins Jackentasche, wozu der nicht mehr fähig war, und sagte ihm immer wieder, es sei nur seine eigene Fantasie, die ihm da Streiche spiele, er solle keine Angst haben, morgen werde alles vorbei sein. Er schlug einen Tee vor, sah, dass Martin auch nicht in der Lage war, einen aufzubrühen, also übernahm er das und schmierte ihm ein paar Brote, über die Martin herfiel, kaum, dass es ihm bewusst war.

Die Flashbacks dieses Trips konnte er nicht verhindern, aber immerhin hatte er den Verwirrten in eine sichere Umgebung gebracht, dann ging er, und Martin hätte ihm danken wollen, fand ihn aber nie mehr.

Er ist volljährig, das Abitur steht bevor, er hat sich den Zugang ertrotzt, jetzt sind sie auf einmal alle stolz auf seine Schulerfolge.

WAS IST MIT MÄDCHEN?

Eines ist sein bester Freund, das tut gut, das ist unverdächtige Begleitung. Sie ist ein bisschen älter, arbeitet in einer Tischlerei in der Nähe, sie hat die Lehre schon abgeschlossen. Martin weiß

schon lange, er ist ihr gute Freundin und durchaus nicht Platzhalter, er ist für Georges — nenn sie bloß nicht Georgina! — etwas ganz anderes. Und so kam es denn: Hast du überhaupt schon
mal? Nein. Wollen wir? Eine sachliche Verrichtung war seine
Entjungferung; die Rolle, die sie ihm vorschlug, übernahm er ungern. Er beobachtete sich mit seltsam klinischer Kühle, der Anflug von Leidenschaft riss ihn gleich heraus, das schien ihm würdelos. Es war für ihn anstrengend, er rollte seufzend auf die Seite,
»mal 'ne Pause machen«.

Das brachte sie auf die Idee, sich auf ihm aufzupflanzen. Er
kreuzte die Arme über der Brust, wandte das Gesicht zur Seite
und schloss mädchenträumerisch die Augen und genoss und
schwieg. Nur ein Seufzen entlockte es ihm. So leise, als sei sein
ärgster Feind im Nebenzimmer, fand sie, verhielt er sich.

Sie verharrte über ihm kauernd. Das ist es nicht, dachte er.

»Was ist mit Sex? Das hat doch nicht gereicht?«

Adriens Frage treibt Martin in die Enge. Sie macht ihn verlegen.

»Muss ich nicht haben«, quetscht er heraus.

Adrien nimmt ihm das nicht ab.

»Und dann?« will er diese Biographie weiter hören.

Martin kam in den Zivildienst, hatte die Verweigerung des Dienstes an der Waffe souverän begründet. Er traf es gut, er brachte
alten Frauen Essen und half ihnen bei den mühevollen täglichen
Verrichtungen. Die alten Ladies, so erfuhr er hintenrum, erhoben
stets heftige Proteste, wenn er mal anderwo eingesetzt wurde. Es
gab mehrere, die darauf bestanden, dass seine zarte Hand ihnen
den Schildpattkamm ins dünne weiße Haar steckte und die Korsetthaken schloss. Warum sagten sie es nicht offen? Natürlich

machen alte Damen, erst recht sehr alte, gebrechliche, einem jungen Mann doch keine Avancen, sie äußern sich allenfalls großmütterlich lobend.

Warum sie aber auf seinem Wirken bestanden und nicht gerne wen anderen zur Pflege zuließen, das gaben sie nur schamhaft zu: Er habe den sanften Griff einer Frau.

»Aber sagen Sie es ihm nicht, es könnte ihn verletzen.«

»Und woher weißt du es?«

Martin lächelt verträumt.

»Die Kollegen klatschen doch wie nichts Gutes.«

»Und? Hat es dich gekränkt?«

»Ah, was! Ich freue mich immer noch darüber.«

Dies war eine Zeit, in der er abstritt, schwul zu sein. Er wollte nicht mehr zwischen die Fronten geraten, eher wollte er in diesem Krieg gar nicht kämpfen. Er hatte auch Freundinnen, mit denen er allerdings nicht schlief; freilich redete er sich ein, dass er es ja jederzeit tun könnte. Das gab ihm eine wundervolle Freiheit nach beiden Seiten. Tatsächlich spielte sich gar nichts ab. Er las viel, machte seine Scheine, besuchte regelmäßig den Steinkreis, ging nach den obligaten Kneipenbesuchen alleine heim und hielt sich von allen gedankenlosen, oberflächlichen, schlüpfrigen Kontakten fern.

Er hatte die schwulen Kneipen des Städtchens schon inspiziert und festgestellt, dass das Publikum überschaubar bis familiär war. Man schien sich intim zu kennen, auf die Nerven zu gehen und sich um Neuzugänge zu reißen. Die meisten gingen miteinander um wie alte Ehepaare. Martin fand sehr schnell heraus, welche Rolle ihm zufiel. Und er verließ das Lokal, bevor sich irgend jemandes Blick in seinem verhaken konnte. Sich herumreichen zu lassen, so dass jeder mal naschen durfte, damit sie

nachher ihre Expertisen austauschen können, wie gut du bist —
darum war ihm nicht zu tun.

Er nahm dort immer nur einen Drink, um Gesichter kennen-
zulernen. An diesem Ort konnte er sich der Neigung von Kommi-
litonen versichern und sich ihnen dann in einer unschuldigeren
Atmosphäre annähern, die den Zweck der Begegnung offen ließen, in der Bibliothek, in der Mensa, auf dem Rasen des Campus,
im Schreibwarenladen. Er hätte sich auf unerträgliche Weise ertappt gefühlt, wenn der Ausgang der Begegnung von vornherein
klar gewesen wäre.

»Und dann hast du angefangen, hierher zu kommen? Ich
glaube, ich habe dich schon mal hier gesehen.«

Ja, seine Vorstellung, er könne seinem Trieb gebieten, war
im Wanken. Er fiel über ihn her und zog ihn am unsichtbaren
Band in einen dieser »Läden« — richtig, da wird Mensch verkauft — und ließ ihn gleichgültig an einem Türrahmen lehnen
und wärmte den sündteuren Drink, indem er versuchte, sich
möglichst lange an einem festzuhalten. Die Musik war laut, die
Lichter wechselten.

Wie kommt man mit Leuten ins Gespräch, ohne sie gleich zu
überfordern? Das lange Alleinsein rächte sich nun. Nach einigem
Befremden war er nun froh, nicht reden zu müssen. Und das
macht die Menschen gleicher, und hervorheben können sie sich
dann durch ihre körperliche Schönheit und die Wahl der Kleidung. Martin musste sich nicht verstecken, inzwischen hatte seine Entwicklung ihm gegeben, was ein Mann so ungefähr braucht,
um als Mann zu gelten; einiges davon, was ihn selber gestört hätte, Bass, Bart, Körperhaare, entstand indessen spärlich. Er war
blond, wirkte darum weniger behaart.

»Und woher wusstest du, dass ich unerfahren bin?« fragte er.

Adrien musste fast lachen, aber er ließ sich nichts anmerken.

»Du standest halb drinnen, halb draußen, so ein bisschen auf Flucht gebürstet. Wenn jemand an dir vorbei wollte, hast du dich ganz schmal gemacht. Hast du gesehen? Sie reiben sich gern aneinander, wo es eng ist, du wirst schon nicht schwanger davon. Man sieht, dass du dich noch nicht entschlossen hast, wo du hingehörst. — Könntest du dir vorstellen, mit mir ins Darkroom zu gehen?«

»Ist das eine Einladung?«

»Hm... erstmal ein Test, wie du reagierst.«

»Das gehen wir wissenschaftlich an. Teste weiter. Aber unter störungsfreien Bedingungen.«

»Heißt — was?«

»Darkroom für zwei.«

Adrien lehnte sich zurück und lachte. »Gute Idee. Hast du eins?«

»Du wirst dich wundern — hab ich.«

MARTINS DARKROOM

Adrien fädelte jenes Spiel ein, das ihm immer wieder Freude machte, weil es neu war für seine Partner. Er wusste, welche Mischung aus verwegen und solide gut ankam, ging in schwarzes Leder gekleidet, daran Nieten, Ketten, Flugzeuganstecker und kleine Autos. Er schaute ihn unablässig an, den Hellen, den Weißen, das ist die Farbe, die Martin zur Zeit am liebsten trägt. Fehlt nicht viel, und sie meinten, ein Sanitäter sei in die Bar gekommen, um jemandem Erste Hilfe zu leisten. Martin merkt noch nicht, dass es immer dasselbe ist, was Adrien durchzieht. Er ist ja ungeübt. Er merkt nur, dass dieser Mann sehr gut riecht, viel gepflegter ist, als seine Kleidung von weiterem vermuten lässt, und ziemlich gut weiß, wie man in dieser Angelegenheit vorgehen muss. Martin wird sich um nichts mehr kümmern müssen heute Nacht, er braucht sich nur der Leitung des anderen anzuvertrauen.

Es kommt selten vor, dass Martin jemanden in seine kleine Wohnung lässt. Und Adrien, der schon viel gesehen hat, staunt. Ja, er hat ein Darkroom, der Kerl. Es ist ein Zelt aus schwarzem Ziegenhaar, wie es die Nomaden von Tibet verwenden, erklärt Martin. Den Vorhang bilden zwei Teppiche in Dunkelrot und Schwarz. Er nimmt fast das ganze Schlafzimmer ein.

»Und da drin? Wasserbett?«

»Nee! Bloß nicht! Ganz schlechtes Feng Shui.«

Ach, du Scheiße, wohin bin ich da geraten.

Adrien stellt sich vor, sie wären zu ihm gegangen. Schon im Flur wird der Besucher von den prallen Seeleuten des Tom of Finland begrüßt, man darf Riesenplakate seiner nordischen Übermenschen in mattierten Stahlrahmen betrachten, hier noch die harmloseren. Im Schlafzimmer geht es dann richtig zur Sache, kleinere Formate, dafür mehr an der Zahl, ein rechtes Lehrstück für den, der noch nicht weiß, was ihn hier erwartet. Er würde seinen Besucher in einem blitzweißen, schicken Zimmer in silbernen Satin betten und alle Stellungen der Bilderbögen mit ihm durchgehen.

Aber hier erwartet ihn jetzt ein sehr merkwürdiger Schlafplatz. Darkroom — oh, ja. Umstanden von fußhohen Holzfiguren, roh aus dem Block gehauen. Bilder, Leinwände ohne Rahmen, aneinandergelehnt. Der Duft von Ölfarbe. Soso, ein Künstler ist er also auch.

Martin hat sich schon in sein Zelt geschlängelt und lädt Adrien ein. Ein buntes orientalisches Lämpchen nimmt mehr Licht, als es gibt. Der Besucher klettert ins Zelt. Macht sich auf dem Polster lang. Härter als erwartet — aha, das ist ein sehr dickes Futon. Der Kerl hat Nerven.

»Schau erst einmal, ob du denkst, du kannst es dir hier bequem machen, dann brühe ich uns Kaffee...«

Das letzte Wort erstickt ein Kuss. Und eine fleißige Aktion mit einem Taschentuch. Boah, Palomas Lieblingsrot. Meins ist es definitiv nicht. Begrenz das bitte auf deine Leinwände.

Martin lässt sich genießerisch putzen. Er grinst.

»Ja — lach nicht! Freche Transe!« Der Griff wird hart.

Da wir ihn schon behandeln wie ein Kind, das sich beim Spielen völlig dreckig gemacht hat... Adrien fährt damit fort, ihn auszuziehen, bemüht sich, das schneeweiße Shirt heil über den Kopf seines Opfers zu ziehen. Bringt auch die weiße Jeans in Sicherheit. Soso, drunter hat er nichts. Und hast du nicht Angst... Ziep... Haare...

Haare sind da auch nicht.

Eigentlich mag Adrien das nicht.

Er treibe es nicht mit Kindern, sagt er. Aber kein Kind hat das, was ihm nun entgegenwächst.

»Wir hatten was von Darkroom gesagt«, murmelt Martin unter einem quergelegten Arm hervor.

Adrien streckt sich aus und zieht die Teppiche vor die Öffnung des Zeltes, sie rutschen herunter, pendeln und schließen den Raum fast perfekt ab. Und da ist auch ein rotlackiertes Kästchen mit mongolischen Ornamenten, in dem sich Kondompäckchen und Gleitcreme finden.

Adrien schlägt Martin klatschend auf Arme und Beine.

»Du Spinner, du willst mir erzählen, du machst das zum ersten Mal!« Martin kichert und wimmert. »Doch, das ist wahr!«

Es sei 'just in case', das weiß man doch, was man braucht. Zu Deutsch: 'Nur im Kästchen'.

ER IST PASSIV

Wie bezaubernd! Adrien ist im Himmel. Diesen hier möchte er beschützen und freut sich, dass er das mit der Sicherheit begriffen hat.

Das war die Zeit, als der Schock durch die Gemeinschaft ging. Die Zeit, als sie durchzählten: Wen von uns wird es noch erwischen? Und es waren viele, viel mehr, als man anfangs ahnte. Und sie waren so vorsichtig in der Öffentlichkeit. Wer nichtschwule Freunde hatte, machte nur kleine Andeutungen. Wissen meine Verwandten, meine Freunde davon? Kann ich es wagen, ihnen etwas davon zu sagen? Ein gesagtes Wort holst du nicht zurück, was, wenn sie wissen, dass du positiv ist? Sie werden die Flucht ergreifen, keine Frage. Also schweigen. Keine erleichternden Gespräche außer untereinander, und das bringt keine Erleichterung, sondern nur wieder die traurige Nachricht von jemand Weiterem. Der Tod hielt Ernte.

Doch nun zu etwas ganz anderem.

»Wie sieht denn dein Sexleben überhaupt aus?«

Martin lag auf dem Rücken und ließ sich streicheln. Sollte er jetzt erzählen, dass er einen unsichtbaren Liebhaber über sich projizierte? Der Gedanke, er schmelze hin unter seiner Berührung, weckte in ihm die allerkitschigsten Sehnsüchte. Aber auch Adrien hatte solche. Er wünschte sich einen hingebungsvollen

Schützling, den er mit raffiniertem Eros verwöhnen konnte, einen klugen Gesprächspartner, jemanden, der sich morgens nicht eilig anzog, sondern ihm aufwachen half und ihm seine Träume erzählte, der ihm Frühstück ans Bett brachte und dem er Frühstück ans Bett bringen könne.

»Was für ein Sexleben?« fragt Martin zurück.

»Na, irgend eins wirst du doch haben.«

Er warte auf wirkliche Liebe, gestand er jetzt. Er würde es nur dann versuchen, wenn ihm der andere wirklich gefalle. Und wenn er sieben Jahre lang feststellen sollte, dass er in Bibliothek, Mensa und Schreibwarengeschäft wirklich nur Gesprächspartner für Literatur, Kochen und Computergebrauch finden sollte, dann sei's drum, er würde dann eben so lange auf den Richtigen warten.

Adrien merkte in diesem Moment, was für ein Kompliment das war, überging es aber vorsichtshalber.

»Gott, wie romantisch. Und bis dahin willste Mönch bleiben?«

»Nur keinen Neid.«

Man konnte sich einfach nicht vorstellen, dass Enthaltsamkeit schon die ganze Wahrheit sein sollte. Frauen waren hinter ihm her, erzählte er, eher als Männer, also verrätselte er gern seine Orientierung. Sogar wenn sie mitbekamen, dass er ins 'Upright' zu gehen pflegte, schreckte sie das nicht ab, wieso eigentlich?

Adrien lächelte wissend. 'Armer Wichser', dachte er, 'ich bring dich auf den Geschmack.'

»Ich muss dir aber noch was sagen«, grätschte ihm Martin in sein Paradies. »Ich war bei einem Arzt und habe mit ihm über eine Umwandlung gesprochen.«

»Zu was? Elfe? Alien? Superheld?«

»Frau.«

Adrien war schockiert. Starb sein Traum in diesem Moment?

»Es ist aber nicht so einfach.«

— Was du nicht sagst! —

»Das hätte ich dir gleich sagen können«, lachte Adrien, als ihm Martin von seinem Wunsch erzählte.

»Du sprichst davon, Frau zu *werden*, aber das kann man nicht.«

Martin richtete sich halb auf. Adrien fuhr fort: »Das hat dein Arzt dir auch gesagt, nicht wahr? *Sein*, nicht *werden*. Wenn du mich fragst: Du bist nicht transsexuell.« Adrien tippt ihm mit einem Finger auf die Nase.

»Lach mich nicht aus! Woher willst du das wissen?«

»Die echten Transfrauen *werden* es nicht, die sind es schon immer gewesen. Und selbst die — und ich kenne welche — leben nur die ersten Jahre nach ihrer Umwandlung wie in einem Rausch. Sie waren so versessen darauf, den Körper einer Frau zu bekommen, sie waren eine ganze Zeit lang glücklich — aber nicht alle bleiben das. Ich kenne auch welche, die wieder auf die andere Seite schwenken. — Du musst halt herausfinden, welcher Körper für dich richtig ist«, schloss er mit einem Satz, der sich sehr tolerant anhörte.

»Schau mal«, sagte Adrien, sein neuer Freund, und winkte ihm zu, vor den Spiegel an Martins Kleiderschrank zu treten, und Martin stand auf vom Bett und kam zu ihm und legte dem anderen, dem kleineren, den Arm um die Schulter. »Schau«, sagte er und hielt das Glied seines Freundes aufrecht und brachte es wieder zu erwartungsvollem Pulsieren, er wies ihn auf den kraftvollen Wulst hin, »den du hinter den Hoden fühlen kannst, das Perineum. Was für eine feierliche Bezeichnung, klingt wie der Name eines klassischen Gymnasiums! Kannst du dir vorstellen, dass es ohne tiefen Einbruch der Lebenskraft möglich wäre, große Teile davon herauszuschneiden? Wo du doch nicht weißt, ob du diesen Wunsch in sieben Jahren immer noch haben wirst?«

Puma schwieg ein wenig schockiert. So weit hatte er bislang nicht gedacht. Adrien fügte hinzu: »Ich habe mich sehr hart ausgedrückt. Ich würde niemandem wehtun wollen, der das auf sich genommen hat. Ich kenne einige, die hätten sich andernfalls aufgehängt. Oder sich das Ding abgeschnitten. Sie brauchen den Eingriff. Das respektiere ich. Sie brauchen das wirklich. Du nicht.«

WILLST DU NUN ODER NICHT?

Während ihn Adrien im Zelt hindrapierte und fachgerecht zur Sache ging, spürte er einen stillen Widerstand, der ihn rührte. Martins Körper wollte es mit allen Fasern; darum verstummte er. Er schloss die Augen.

»Du fragtest, welcher Körper richtig wäre für mich«, sagte er nach einer genießerischen Weile leise, »ich bin zu dem Schluss gekommen: Gar keiner.«

Adrien, die prallen Hoden seines Freundes in seiner Hand, meinte, dann sei es höchste Zeit, dass er mal geerdet werde.

Immer noch fühlte er ein Widerstreben, aber er wollte es nicht berufen, wollte nicht, dass es einen Namen bekam und so amtlich wurde, sondern er küsste es ihm weg, er blies ihm leicht in die Naslöcher, als könnte er ihn damit auf sich prägen, er ließ mit unendlich langsamer Sanftheit die Vorhaut seines Freundes über die Eichel gleiten, sah darauf eine Freudenträne und noch eine und schaute verwundert darauf wie auf ein unbekanntes Phänomen, als sich das noch nicht einmal ganz harte Glied in seiner Hand ergoss.

Das war schnell.

Es schien ihm fast ein Sakrileg, diesen Jungen zu ficken, auf den jeder Reiz wirkte wie ein Paukenschlag.

Martin drehte sich auf den Bauch.

»Du musst dich nicht revanchieren«, sprach Adrien sanft.

»Sag nichts«, bat Martin. Und dann erlebte er etwas völlig Neues: Sich auszuliefern. Dieses Vordringen in ihn, am Ort größter Scham, löste etwas aus, das er kaum ertrug. Nicht, weil es mit Schmerz verbunden gewesen wäre, das war es nicht, sondern weil er Scham als eigentliche Quelle seiner Lust erkannte.

Er war gelöst und voller Vertrauen, gewiegt von Adriens Zärtlichkeit, die genau empfand, wo seine Grenzen waren, wo er innehalten musste, wo er vorangehen konnte. Und wie der Mann sich so in ihn schob, gut gegelt und gummiert, vorsichtig und unter fast geflüsterten zarten Worten, begriff er, dass dies sein richtiger Körper war und kein anderer, den er wollte.

Alles war richtig, er war der, der dies empfinden konnte, und die Apparate, die die Natur ihm gab, waren perfekt, ganz gleich, welche Bezeichnung sie bekommen konnten.

SECHS MONATE LANG WAR IHRE LIEBE EINFACH VOLLKOMMEN.

Das männliche Geschlecht, das er doch eigentlich früher an sich gehasst hatte, begann er an seinem Freund zu lieben, dann an sich selber. Adrien lehrte ihn, dass er schön sei. Er zeichnete ihn, wie er auf dem Bett lag, wie er auf dem Balkon von Adriens Zimmer saß, er zeichnete mit einem Strich, der Martins Gliedmaßen feierte, als könnten sie sich jeden Augenblick im Winde auflösen wie eine einmalige Wolkenformation, wie ein Regenbogen.

Ihm zu Gefallen söhnte sich Martin mit seinem Mannsein aus. Und endlich tat er es sich selbst zu Gefallen.

Dann endete die Frist von Adriens Auslandsstipendium, und er kehrte nach Frankreich zurück.

Damals gab es noch keine Handys, und ins Ausland zu telefonieren war teuer. Man schrieb sich Briefe. Aber was tut man, wenn zwei vor allem über ihre Haut kommuniziert haben? Die Briefe wurden seltener und hörten auf.

Er konzentrierte sich auf zwei Dinge in dieser Zeit: Auf Yoga und auf die Magie in seinem Steinkreis. Er hatte eine Anzahl von Hilfsgöttern geschnitzt und bemalt. Er kleidete sie in Gewänder aus afrikanischen und chinesischen Stoffen, je nachdem, woher sie stammten; er behängte sie mit Ketten von Saatperlen, gab ihnen Schöpfe aus Wolle und flocht sie kunstvoll. Er hielt sich bei ihrer Anfertigung exakt an Vorlagen aus Museen. Er stellte sie in der Landschaft auf und fotografierte sie in verschiedenster Beleuchtung und vor verschiedenen Hintergründen. Scheute auch nicht davor zurück, mal eine idyllische Quelle zu dekorieren, mal sie auf einem Parkplatz vor einer alten Fabrik aufzubauen.

Er saß lange vor diesem Arrangement, und er hörte sie sprechen. Ob sie ihm böse seien, dass er sie in eine solche hässliche Umgebung stelle? Nein, das nicht; sondern böse sei es, eine solche hässliche Umgebung zu schaffen. Und wenn auch Gras und Löwenzahn durch den Asphalt brächen, so sei doch zu beweinen, was man da sähe.

Als er sie am Abend in sein Zelt brachte und im Kreis um sein Futon aufstellte, waren sie zufrieden. Sie schenkten ihm wunderbare Träume, in denen sie ihn bei der Hand nahmen und mit einem der Götter vermählten, der ihm die Leidenschaft der Liebe schenkte, sodass er nach diesem feuchten Traum mit einem tiefen Seufzer aufwachte und sich an den Pavillon mit den wehenden orangefarbenen und rosigen Vorhängen erinnerte, wo er auf den Daunenpolstern gelegen war, in goldfarbene Seide gehüllt; an das Zwielicht einer Lampe aus buntem Glas und den eben heraufsteigenden Morgen, als dieser Gott ihn im Arm hielt und ihn fickte, als er den Kuss des Gottes noch spürte, und wie sein Haar ihm über Wange und Brust gestrichen war, bevor er ging.

Anderntags stand er in einem grauen, würfelförmigen Seminarraum mit würfelförmigen, grauen Tischen und stellte seine Idole auf, um sein Referat zu halten.

Er tat dies ganz offiziell als Projekt im Rahmen seines Studiums über Idole. Diesem Thema sollte seine Examensarbeit gewidmet sein. Er hielt ein umfängliches Referat mit diesen selbstgefertigten Beispielen, stellte sie voller Respekt und Zärtlichkeit auf, stellte sie vor und beschrieb ihren Zusammenhang. Er hoffte, dass auch die Betrachter sehen und spüren könnten, wie die Idole die Umgebung reflektierten und was sie den Menschen mitteilten.

Er begründete den Aufwand damit, dass er so durch die plastische auch gleich die kultische Wirkung verdeutlichen könne. Die Arbeit erweckte im Gegensatz zu den trockenen Vorträgen — allenfalls von Landkarten und Overheadprojektor illustriert — lebhaftes Interesse bei den KommilitonInnen. Und auch auf den Dozenten machte das Eindruck. Martins Arbeit erhielt eine sehr gute Note.

»Wie hast du so eine umfangreiche Arbeit in so kurzer Zeit schreiben können?«

»Mit der Hilfe der Geister«, antwortete Martin wahrheitsgemäß, »ich habe mich an die Anleitung gehalten —«

»Anleitung?«

Und Martin beschrieb, wie er einen Opferaltar angelegt und Papiergeld, Räucherwerk, Blumen und Früchte arrangiert und endlich verbrannt hatte. Diesen Altar hätte er dann sieben Mal umkreist, während das Feuer brannte, wobei er eine Rezitation in Sanskrit verlas. Und er erzählte freimütig von Ritualen, die er ausgeübt hatte, von seiner Kommunikation mit Geistern und Göttern...

Während Martin sprach, hatte ihn der Professor sprachlos angestarrt. Er war ein junger Prof, den die Studenten duzten, aber dass ihn einer derart treuherzig auf den Arm nahm, war ihm noch nie passiert. Und ohne zu begreifen, dass er sich um Kopf und Kragen redete, fuhr Martin fort. Er begriff nicht, warum der Professor einfach ohne ein weiteres Wort hinausging und die Tür hinter sich zuwarf.

Martin zuckte mit den Schultern und bettete die Figuren unter gemurmelten Einladungen in ihre Schachteln, schaltete den Overheadprojektor aus, ordnete sein Manuskript und steckte es in die Aktentasche und verließ den Saal frohen Herzens mit dem Gedanken, dass er dieses wichtige Seminar so erfolgreich abgeschlossen hatte.

DIESES REFERAT VERÄNDERTE SCHLAGARTIG SEIN SOZIALES UMFELD.

Plötzlich begannen sich Leute für ihn zu interessieren, die ihn sonst kaum beachtet hatten; und die ihn vorher noch so halbwegs akzeptiert hatten, ließen ihn ganz links liegen oder redeten mit ihm, als sei er nicht ganz zurechnungsfähig.

Sein Zelt war seine Zuflucht. Er saß unter Stoffbahnen in dunklen Farben, die er mit Zeichnungen der Aborigines in weißer Stofffarbe bemalt hatte.

Auf dem Boden lagen dunkle Teppiche, die ihm laufend geschenkt wurden. Seine Wohnhöhle blieb seine Zuflucht, in der Dunkelgrün, Hellviolett und Schwarzblau dominierten. Was er brauchte, trug er hinein, sei es die Schreibmaschine, das Tablett mit dem Essen oder der kleine Fernsehapparat, in dem er vorzugsweise Berichte aus fremden Ländern und über die Kunst primitiver Völker sah.

Bisweilen nahm er die Figuren aus den Schachteln und unterhielt sich mit ihnen. Er ließ das niemanden mehr wissen, seit er das Befremden in den Augen seines Profs gesehen hatte.

Er vertraute niemandem mehr an, dass die Beschäftigung mit der Magie der Völker mehr war als ein Studienthema. Er merkte, dass es gefährlich war, wenn er seine Beobachtungen, seine Empfindungen und seine Träume damit in Verbindung brachte. Es musste 'Phänomenologie' bleiben, eine Untersuchung der Erscheinungen, ohne einen Wahrheitsgehalt zu berücksichtigen, aber niemals durfte die reale Anwendung der magischen Praktiken die sachliche Distanz stören, vielleicht sogar verunreinigen.

6 *Schamanenfigur mit Trommel*

Er lachte insgeheim darüber. Es kam ihm vor, als würde ein Alien-Volk, das den Sex abgeschafft hätte, Kundschafter auf die Erde schicken, um das Paarungsverhalten der Menschen zu studieren; und wie sie auch verzweifelt versuchen würden zu verstehen, was die Menschen dazu trieb — sie würden empört von sich weisen, es selber mal zu probieren.

Experimentelle Magie... Sie würde euch so viel geben, dachte er, notierte seine Träume und malte. Er hielt gleich morgens fest, was sich ihm in der Nacht offenbart hatte, was sich den Worten entzog. In seiner Wohnhöhle, wo er auch schlief, empfing er nur sehr gute Freunde mal zum Tee.

So einladend der Ort dafür schien — als Liebeslaube gebrauchte er ihn nie mehr. Zu schmerzlich war die Erinnerung an Adrien.

Hier machte er seine Meditation. Hier ließ er seine Idole um sich stehen, damit sie ihm erleuchtende Träume schenkten.

Hier träumte er von Göttern, die ihn liebten.

IN DIESER ZEIT FAND DIE VERNISSAGE SEINER ERSTEN AUSSTELLUNG STATT.

Einer seiner Dozenten hatte seine Bilder gesehen. Sie sollten in der Wandelhalle einer Bank gezeigt werden. Er hatte sich geziert; das sei doch nichts als Dokumente über seine völkerkundlichen Studien. Er war inzwischen sogar klug genug, nicht jedem auf die Nase zu binden, dass er diese Wesen sah, dass er sie im Traum sah, mit geschlossenen Augen und sogar mit offenen Augen, wenn er ins Dunkle schaute, ins Gebüsch oder in einen Gang zwischen alten Häusern.

Meistens sah er Trolle und allerlei Wesen, die ähnlich den Trollen sind. Sie waren ihm freundlich gesonnen, sie standen ihm als Hilfsgeister zur Verfügung, er stellte ihnen regelmäßig Nahrung hin und warf die Reste dieser Mähler hinterher ins Gebüsch.

Auch auf der Vernissage hatte er eigentlich vorgehabt, seine Bilder als reine Beschäftigung mit den Mythen der Völker zu erklären. Aber dann kam die Frage, ob es denn wirklich Kunst sein könne, die den Namen verdient — und den Kaufpreis dazu —, wenn er nichts Persönliches einbrächte. Da verriet er es doch: Er könne diese Wesen wirklich sehen. Prompt sortierte die Kritik seine Arbeiten bei der Kunst der Schizophrenen ein, zu den Werken eines Schröder-Sonnenstern oder der Patienten des Doktor Navratil. Martin tobte.

Abgesehen von dieser Einstufung — oder eben drum? — verkauften sich die Bilder wie die warmen Semmeln. Die Schuld, die er abzuzahlen hatte, da er schon lange ein Stipendium in Anspruch nahm, wurde ihm damit um ein Vielfaches erstattet. Und auch seine Präsentation der Idole bekam einen anderen Stellenwert in den Augen derer, die ihn kannten und nicht verstanden, seit man endlich wusste, wie seine Kunst einzuordnen war.

Er hatte neuerdings Narrenfreiheit.

So recht lieb war ihm das nicht; er begriff, dass er sich zu weit aus dem Fenster gelehnt hatte. Aber zum ersten Mal im Leben schwamm er in Geld.

Da standen die Bilder dann in seinem Atelier und erzählten von den Nächten fieberhaften Schaffens, von ekstatischen Tagen, an denen er nichts kannte außer Malen, etwas Schlaf und kurzen Mahlzeiten, nach denen er, am letzten Bissen kauend, wieder in seinen Farben rührte — und hatte nicht selten den Pinsel in den Tee getaucht.

Sie standen an der Wand des fast leeren Ateliers, filigrane Krokodile auf zartgrau marmorierten felsigen Untergründen, ihre zarten Rippen weiß und zerbrechlich wie alte Vogelknochen, wie Eidechsenskelette, transparent wie Schleier, durchsichtige Tiere.

Früher haben die Menschen in die Tiere hineingeschaut. Sie sahen die Oberfläche an wie wir — und sie sahen auch darunter, sie sahen den Rippenkorb sich im Atmen dehnen und zusammenziehen, ganz wie die eigenen Lungen im Laufen pumpten. Sie sahen das Beutetier stehenbleiben und schwer atmen, wie es nach einem Fluchtweg schaut, so verschnaufen sie selber, Jäger und Gejagte im gleichen Rhythmus, der für den einen Nahrung bedeutet, für den anderen Tod. Da lief es und atmete, war getroffen, blutete, starb, wurde zerteilt, beschaut, gegessen, abgenagt, sie malten seinen Lauf, sein Ende, seine Flucht, Kampf und Niederlage. Die alten Jäger sahen in das Tier hinein, sie waren mit ihm vertraut, sie erkannten in ihm ihr eigenes Atmen, Verdauen, Laufen, Zeugen, Gebären, Bluten, Zucken. Der Jäger ist der Urvater des Chirurgen.

Über den Röntgenstil schreibt Martin seine Diplomarbeit. Er belegt, dass das Hineinschauen in der Kunst Europas bis ins 20. Jahrhundert fehlt. Der Röntgenstil ist Leben im Wissen vom Ende. Das war, kurz gesagt, die erste Schlussfolgerung, die Martin im Rahmen seiner Diplomarbeit zog. Er analysierte Felszeichnungen aller Kontinente und versammelte sie zu einem Reigen von Tieren, Menschen und Göttern, so wie er es auf seinen Bildern tat.

Moden kommen und gehen. Eine Zeitlang hatte er seine Bilder verkauft wie blöde, dann wandte sich die Öffentlichkeit ab von ihm und neuen Reizen zu. Der Bedarf war gedeckt. Seine

Galerie rief ihn an, er möge seine »noch in unseren Räumen befindlichen Bilder« abholen. Das Wort »übriggeblieben« vermieden sie diskret. Glücklich nahm er die unter seinen Kindern in Empfang, die dem Verkauf entronnen waren.

FÜR DIE DIPLOMARBEITGAB ES EINE MITTELPRÄCHTIGE NOTE.

Dabei wusste er, dass noch niemals eine so tiefschürfende Analyse des Röntgenstils geschrieben worden war. Zudem hatte er sich den entkrampften Stil der amerikanischen Wissenschaftsliteratur zu eigen gemacht, die gelöst von den letzten Dingen plaudert. Mochte man ihm ruhig ankreiden, dass er sich in die Welt der Populärwissenschaft hinunter verirrt hatte. Wenn's als Abschluss an der Uni in die Hose ging, konnte er es ja immer noch veröffentlichen.

Aber es ging gut. Er hatte seinen Abschluss in Archäologie und Ethnografie. Er nahm eine Assistentenstelle an der Universität einer Kleinstadt an. Die Kultstätte im Wald, die Stadt voller Erinnerungen, diese Dinge ließ er ohne Reue hinter sich. Er ging nun auf die Dreißig, und die Anfragen seiner Eltern, ob er denn nicht mal zu heiraten gedächte, beantwortete er zuverlässig mit »weiß nicht«.

Seine Großmutter war kürzlich gestorben, das war ein Schlag; da hatte er sich zur Teilnahme an einem bürgerlichen Begräbnis hinreißen lassen und während der Predigt auf Durchzug gestellt. Nicht einmal ein Vaterunser wollte er am offenen Grab beten. Der Heide. Aber geweint hat er. Das wiederum befremdete die Verwandten auch.

Nach dieser Pflichtübung, jedoch sichtlich aufgewühlt, nutzte er den Aufenthalt in der Heimatstadt, um Kontakt mit George aufzunehmen. Er traf eine verbitterte, vorzeitig gealterte Frau an, die nach ihrer Scheidung ein wenig getrunken hatte und genau das tat, was Martin sorgfältig vermied: Sie glaubte bei jeder neuen Liebelei: »Der ist es«, und wusste jedes Mal nach Stunden oder Nächten: »Der war's nicht«.

Aber auch er merkte, dass er für das Zusammensein mit anderen nicht mehr taugte. Er hatte sich für die seltenen Nächte mit einem Lover ein richtiges Bett hingestellt, aber wenn der andere schlief, flüchtete er in sein Zelt, damit er nicht mitten im Traum am Ärmel gezupft wurde von den Träumen des anderen.

Im Mai begab er sich zu seinem Steinkreis und arbeitete weiter an seiner Laube, die in diesem warmen, feuchten Frühling prächtig gedieh. Und an diesem Tag trat eine weitere Person in sein Leben.

SIE BRACH AUS DEM GEBÜSCH UND WAR DA.

Es war eine kleine Indianerin, blond, blauäugig, elf Jahre alt, ihre Kindheit lag in den letzten Zügen, und sie verstand mit der Weisheit des Spiels, was der Mann auf der Lichtung da tat.

Sie ließ sich respektvoll nieder, legte Bogen und Pfeile ab, behielt aber natürlich die Federn auf. Er warf einen kurzen Blick auf ihr Gesicht, auf Fransenweste und Zickzack-Bemalung, auf den Gürtel mit dem Messer, und setzte seinen Ritus fort. Noch nie hatte der Kreis, den er um seinen heiligen Platz angelegt hatte, versagt, nie war ein Störer eingedrungen, wem es also gelang, den Kreis zu betreten, der konnte kein Störer sein, sondern gehörte herein.

Um seinen Gast zu erfreuen, beschloss er, ein indianisches Vier-Richtungen-Gebet an seine Sammlung anzuschließen, damit sie sich nicht allzusehr langweilte und etwa ging, bevor er erfuhr, was sie herführte. Also sprach er mit Erde, Wasser, Wind, Pflanzen, Tieren und der Sonne und eroberte auf der Stelle ihr Herz.

Er rauchte das Kalumet mit Himbeerblättern und ließ sie nur zögernd daran ziehen, aber was wäre eine Zeremonie, wenn nicht auch sie daran teilhätte? Tapfer überwand sie ihren Husten. Pah. Ist doch gar nichts. Die Jungs... Die anderen Krieger und ich haben schon ganz anderen Tabak geraucht.

Sie fragte ihn nach dem Namen.

Zögernd sagte er: »Allein wie Puma«.

Das gefiel ihr, und sie revanchierte sich mit »Kriegerherz«. Das war auch durchaus nicht übertrieben, denn bei jenen Mutproben in der Fabrikruine, die ihre Mutter zu Schreikrämpfen getrieben hätten, schlug sie jeden Jungen. Er wusste natürlich, dass er sie nicht fragen durfte, wie sie »richtig« hieß. Nein, er fragte sie, wie die Bleichgesichter sie gewöhnlich nannten, und er ließ durchblicken, er werde sie natürlich bei ihrem ehrenhaft verliehenen Kriegernamen nennen. So verriet sie es dann.

»Nie-koll«, dehnte sie es verächtlich, auf der ersten Silbe betont, »schrecklich, nicht?«

Den Nachnamen würde sie schon gar nicht verraten, der war ja sooo peinlich. Vertrauen gegen Vertrauen. Er gab den »Martin« preis. Das fand sie aber gut. Der Name kommt von dem Kriegsgott, wusste sie, und das sei doch ein sehr »geiler« Indianername. Er lächelte über die ungewollte Doppeldeutigkeit.

Ihre weiteren Begegnungen waren sehr konspirativ. Das Wetter war ihnen hold, sie verliebte sich mit aller Tiefe und Stärke, die Erwachsene Kindern nicht zutrauen, und sollten es doch seit Romeo und Julia besser wissen. Sie hatte nun also einen

Freund und war glücklich, und er hatte ein Problem — oder war in einer Lage, die zum Problem werden konnte.

»Wissen deine Eltern, dass wir uns hier treffen?« versuchte er, den Stier bei den Hörnern zu packen.

»Ich glaube, das ist denen egal, was ich mache.«

»Solche Eltern gibt es nicht.«

»Gibt es doch. Wir haben Geld.«

»Oh, das ist natürlich was anderes. Aber wenn sie es erfahren?«

Aber sie hatte ein Komplott geschmiedet, einen ihr gewogenen Klassenkameraden bestochen, ihr Alibis zu geben, sie entlohnte ihn mit gut gewählten Geschenken und erhielt seinen Treueschwur.

Ein solches Arrangement konnte wohl sehr schnell auffliegen: »Ist Nicole bei dir? Gib sie mir mal.«

Es war eigentlich nur Zufall, dass das nie passierte. Oder es war die Magie der Geißblattlaube.

Der Sommer ging zu Ende. Sie freute sich auf den Winter, denn dann hätte sie Gründe, ihn auf seiner Studentenbude zu verwöhnen, »Mann und Frau« wollte sie mit ihm spielen, wie niedlich! Und später sollte aus dem Spiel Ernst werden. Dann musste er sie heiraten. So dachte sie sich das. Er ahnte einen Angriff und dachte über Strategien nach, sich ihrer zu erwehren. Da begann sie doch schon glatt, mit ihm zu kokettieren, die kleine Lolita! Was beim Papa funktioniert, klappt natürlich auch bei anderen Männern.

Aber er durchschaute sie. Er war kein Opfer für diese Tour. »Hör auf, dich niedlich zu machen!« sagte er wütend. Junge Mädchen sind eine Mogelpackung, und er lachte bitter, wenn er sah, wie Männer darauf hereinfielen. Die schöne Hülle, die so tut, als wäre sie schon richtig Frau — er sah es, er fühlte es.

Da kündigte sich ein neues Zeitalter an: Sie überraschte ihn mit der Forderung, sie zur Frau zu machen.

Er überraschte sie mit der Erklärung, was man gemeinhin darunter verstand. »Nein, nein!« lachte sie, »sondern du musst dir eine Zeremonie für mich ausdenken, ich habe heute Nacht... Also, ich bin nun kein Kind mehr.«

Er dachte eine Weile nach, steckte sie in die Hütte, nämlich in die Knöterichlaube. Er sagte: »Du musst da jetzt drei Tage lang drin bleiben.«

Sie protestierte. »Drei Tage, wirklich? Spinnst du?«

»Drei gespielte Tage«, löste er es etwas verlegen auf.

»Gespielte Tage. Denkst du, ich bin fünf?«

»Nein, zwölf, und mit elf hat es dir gefallen.«

Sie verstand, dass sie nun zu alt für ihn wurde. Vielleicht seit heute morgen.

Die Stunde, die er brauchte, um die Zeremonie vorzubereiten und die drei Tage symbolisierte, wurde ihr doch ein wenig lang. Aber es lohnte sich. Er schnitzte aus Holz ein Frauenfigürchen mit auf die Hüften gestützten Armen. Durch die so entstandenen Ösen zog er ein Band. Er verzierte die Minivenus mit Eichelhäherfedern und winzigen Schneckenhäusern, machte dann einen Sandkreis mit Hilfe von pulverisierten Tafelkreiden in Schwarz, Weiß, Ockergelb und Graublau. Er führte seine Freundin zu dem Sandbild und ließ sie sich draufsetzen. Dann hielt er eine Ansprache, die begann: »Erde, Wind, Sonne, Bäume, Tiere, freundliche Geister, hier sitzt vor euch eine neue Frau.«

Natürlich erhielt die neue Frau auch einen neuen Namen, der jedoch aus rituellen Gründen für alle Zeiten geheim bleiben muss. Die Feier endete mit dem Gebrauch des Kalumet.

Sie war sehr gerührt, was er an ihrem Verstummen erkannte, und sie sagte, das sei die schönste Zeremonie gewesen, die sie bisher gemacht hätten.

Nicole entwuchs dem Indianerspielen, als hätte sie es eilig. Vielleicht, so dachte er, wird sie irgendwann in ihren Erinnerungen kramen und sie zu den schönsten einsortieren. Wenn das ausreichend Vergangenheit geworden ist.

Ihre Interessen wandte sie dem oberflächlichen Quatsch zu, der die Teenager in aller Welt in ihrer Identitätssuche verbindet, den Ensembles männlicher Hupfdohlen, die sich nur zu dem Zweck zusammenfinden, sich auf dem Höhepunkt ihrer Karriere werbewirksam zu trennen, zynische Beobachter von unreifem Herzeleid, die aus ihrer Beweinung ihren Marktwert ablesen.

»Ich hätte dir mehr Verstand zugetraut, als dass du jetzt auch mit den Klageweibern einstimmst. Hast du nicht begriffen, dass die Typen euch verschaukeln? Die planten von Anfang an, sich zu trennen, wenn die Hits abgefrühstückt sind.«

Ihr Blick wurde stechend, flammend, ihre Stimme hatte eine neue Schärfe bekommen, die er unerträglich fand.

»Und was für Musik hörst du? Wie einer mit drei Fingern ausprobiert, welche Akkorde am schlechtesten zusammenpassen!« gab sie zurück. Womit sie seine Tagesration an Humor und Toleranz überzog.

Er gab sich Mühe, ihre Ausfälligkeiten leicht zu nehmen. Sie wird halt eine Frau. Das Lockmittel Libido, das die anderen Männer dazu bringt, weibliche Launen zu ertragen, zog bei ihm ja nicht. Das war dann das Ende ihrer Liebe.

Irgendwann, wenn sie einen Freund haben würde und Martin dazu nicht bräuchte, wenn sie beim Aufräumen mal das Idol ihrer Menarche wiederfände, dann würde sie mit ihrem Schatz anrücken, damit der eine sie für den anderen bewunderte. Und vielleicht würde sie ihn animieren wollen, für sie und für ihren stumpfnäsigen, fußballspielenden Ökonomiestudenten namens Oliver eine Zeremonie zu erfinden... Besten Dank!

DER ROTSTIFT DROHT

Mehr oder weniger hatte sich Martin der »Welt da draußen« entzogen, hatte eine gemütliche Assistentenstelle ausgefüllt, die ihm wenig abverlangte und viel freie Zeit schenkte. Aber auch an der Universität wurden die Lüfte rauher. Stellen wurden gestrichen, vor allem in solchen Exotenfächern wie Ethnografie und Archäologie. Was konnte er tun? Vom Verkauf seiner Bilder leben?

Er wusste, wenn er zu malen gezwungen wäre, würden die Geister aus seinen Bildern Reißaus nehmen und nichts als bemalte Leinwand hinterlassen.

»Wie hast du das eigentlich gemacht, dass das so lange gutgegangen ist mit deiner Stelle?« fragte ein Kollege, mit dem er in den Nebelschwaden der Stammkneipe das Problem zu lösen versuchte. Was kann einer werden, der sich fast vierzehn Jahre lang mit den Mythen der Völker befasst hat? Freiberuflicher Schamane? Ohne es laut auszusprechen, zog Martin es ernsthaft in Betracht.

»Ich bin Fachmann für Mythen der Völker...«

»Wer braucht heute professionelle Märchenerzähler? — Hast du von der Ausschreibung gehört?« fuhr der Kollege fort. »Sie brauchen Archäologen. Da ist in Sibirien ein steinzeitliches Jägercamp gefunden worden...«

»Wer gräbt denn aus Jux die Tundra um?«

»Elfenbeinjäger. Die Suche nach Mammut-Stoßzähnen ist sehr lukrativ.«

»Illegal? Verwüsten die Landschaft mit heißem Wasser?«

»Erst schon, aber dann hat die Regierung eingegriffen und nutzt schonendere Methoden. Dies ist ein staatliches Grabungsprojekt, finanziert vom Sibirischen Museum in Tobolsk.«

»Südural... Mammut-Elfenbein?«

»Nein, die Grabung finden in Jakutien statt. Natürlich im Sommer.«

»Geil. Ich werde Mückenfraß.«

»Irgendwas ist immer. Bewirbst du dich?«

»Hab ich eine Wahl?«

Martin bewarb sich, Martin bekam den Job. Der Steinkreis hatte wieder einmal funktioniert.

Und so ging er auf eine Reise ins Abenteuer, er, der sich eher selten auf Ungeplantes einließ, geschweige denn, Unplanbares. In Tobolsk nahm ihn eine Kollegin des Museums in Empfang, zeigte ihm das Museum. Sie ist klein, drall und steckt in einer zu engen blauen Satinbluse, redet pausenlos auf ihn ein und moduliert dabei ihre Stimme in einem Satz mehrmals um eine ganze Oktave.

Er entdeckte aus Holz geschnittene Geisterfiguren der Jakuten, des Volkes, zu dem er unterwegs war und deren Zaubersprüche er eine Zeitlang studiert hatte. Er richtete seinen Blick auf diese Figuren, die im milden Licht auf einem schwarz bezogenen

Podest in der Vitrine prangten. Und er begann eine Anrufung zu singen, indem er mit zarten Fingern gegen die Scheibe trommelte. Prompt war der Feueralarm ausgelöst, und er wurde mit allen Besuchern auf den Hof gebeten. Was er gemacht hätte? wollte die Kollegin wissen. Er sagte es ihr. Das sei völlig unmöglich, die Scheiben seien gegen leichte Berührung abgesichert, sonst müssten wir ja ständig mit Feueralarm rechnen.

Er kehrte in den Saal zurück und bemerkte, dass eine der Figuren sich leicht gedreht hatte und dass das Licht nun, durch den geänderten Winkel, ein spöttisches Grinsen auf den Holzkopf malte.

Am nächsten Tag stieg er in den Flieger nach Jakutsk und wurde zum Helikopter geleitet, der ihn zum Dorf nah der Grabungsstätte brachte. Hier gab es urbane Plattenbau-Blocks, die auf Betonstützen standen, um im Sommer nicht im auftauenden Boden zu versinken. Zu seiner Freude war die Unterkunft jedoch ein Holzhaus. Es war warm, sonnig, und ein leichter Wind machte die Tage angenehm.

DAS LEBEN IM CAMP

Die westlichen Kollegen schimpften ständig über Kaltnassrasur und Dosenessen. Martin hingegen war glücklich. Er versenkte sich ins Schichtenzeichnen, kritzelte mit rührender Liebe hässliche olivbraune und schmutziggraue Erdschichten, verglich Pfeilspitzen, vermaß, fotografierte, notierte und zeichnete wieder. Tief war hier nicht zu graben, dann kam die Permafrostschicht. Meist ging es auch nur darum, Bohrkerne für die Pollenanalyse zu entnehmen, zu verpacken und zu verschicken.

»Du hast eine Geduld!« — »Macht dir das immer noch Spaß?« — »Nimm es mir nicht übel, aber ich finde Archäologie schrecklich langweilig.« So lauteten die Kommentare der Elfenbeingräber, die wiederum den Tag damit verbrachten, die Fundstücke mit Hilfe eines ingeniösen Heißluftgebläses aus dem ewigen Frost zu lösen, die sie dann triumphierend aus dem schmatzenden Morast zogen und die sie ansägten, um die Qualität zu prüfen, ganz so, wie ein Bajuwar zur Brotzeit die Wurst anschneidet.

Und immer wieder beklagten sie lauthals, dass Mammutzähne nicht auf der Krim gefunden werden, wo man die Funde abends mit den Schönen der Nacht hätte begießen und betanzen können. In so einem Kaff aus Wellblechhütten und drei Holzhäusern, wo kein weibliches Wesen je ohne Gummistiefel, Wäschekorb, Kopftuch und drei Kinder gesichtet worden war, war das Telefon in der Post, die zugleich als Milizstation und Parteibüro diente, der Höhepunkt der Weltoffenheit. Hier, so spotteten die Kollegen, hielt man Perestrojka für eine Renovierungsaktion der Kremlgebäude vor dem nächsten Parteitag.

Niemandem fiel auf, dass Martin krank wurde. Martin selber kam nicht gleich drauf, dass ihm etwas fehlte. Er bemerkte nur, dass die Details, die er zeichnen wollte, vor seinen Augen verschwammen und dass es ihm schwerfiel, auch nur eine Stunde auf seinem Klapphocker in der Erdgrube zu sitzen und zu zeichnen, sonst eine seiner leichtesten Übungen.

Endlich, als er sich die Tropfen von der Stirn wischte, die er für Schweiß hielt, und sich wunderte, was es in dieser Abendkühle, die ihm die Finger klamm machte, zu schwitzen gab, sah er, dass es eine Mischung von Blut und klarer Flüssigkeit war, die er sich von der Stirn wischte. Hatte er sich denn zerkratzt, ohne es zu merken? Aber der Spiegel ließ keine Verletzung entdecken. Das trat direkt aus seiner Haut aus.

Da wusste er, was die Glocke geschlagen hatte. Er wusste, was ihm bevorstand. Und was ihm da heiß zu Herzen schoss, das war Freude! Denn es war das erhabene Leid, das sich ankündigte. Diese Krankheit, meine Freunde, ist eine heilige.

Er war ausersehen.

Er ging mit schweren Schritten ins Dorf und fragte in der Post nach den Ureinwohnern, die es doch in der Umgebung sicherlich geben musste.

Gewiss, es gab sie; aber sie verbringen den Sommer mit den Tieren in der Tundra, jenseits der glitzernden Sümpfe, wohin es über Stock und Stein geht, wohin kein Jeep ihnen folgen kann, hinter dem breiten Flussbett, wo man durch flache Rinnsale watet, und durch die Ebene, wo man von einem Grasbusch zum anderen hopsen muss, stundenweit, tagelang.

Nur die Pilzlena sei dieses Jahr nicht mitgegangen, erzählt Anatolij Semjonowitsch, einen Nachnamen hat er nur, wenn er die Dienstmütze aufsetzt und nicht betrunken ist, und das ist wohl so selten wie ein Sommertag ohne Mücken. Für die deprimierende Öde, in der er seinen Dienst tut, rächt er sich grundsätzlich an Unbeteiligten.

Warum will dieser Deutsche denn wissen, wo sie wohnt? Sie ist immer nur betrunken, die alte Hure, was will er von ihr? Sie redet doch nur Jakutisch, wenn sie getrunken hat, diese Hundesprache, dabei kann sie richtiges Russisch...

»Wo wohnt sie?« wiederholt Martin, versteinert unter Anatolijs Redeschwall.

In der letzten Hütte vor dem kleinen Lärchenwald im Süden des Dorfes, erfährt er. Und dieser verrückte Stadtmensch leiht sich auch noch ein Pony. Wozu will er reiten? Es sind doch keine fünf Minuten dorthin.

Dass sich Martin nicht gut fühlt, verschweigt er wohlweislich. Nachher lässt der ihn nach Tobolsk ausfliegen. Er hinterlässt ein stattliches Pfandgeld und führt das Tier am Halfter zur beschriebenen Hütte.

Schon an der Biegung des Weges sieht er, dass er hier richtig ist. Dort im Garten, kaum zu unterscheiden von den Zaunpfählen, nur um einiges höher, steht der Pfahl mit dem Vogel. Silbrig verwittert ist das Holz, und der halbe Kopf des Vogels ist abgebrochen. Aber es ist ein Simsala, ein heiliger Pfahl.

Martin bindet das Pony an den Zaun und tritt mit dem Ruf, ob wer da sei, durch die offene Tür.

Die Pilzlena lag auf dem Bett, kaum erkannte Martin, dass da ein Mensch zwischen den Decken lag oder kauerte, und bis er ihren Atem hörte — und die Fahne roch — , hatte er schon befürchtet, sie sei nicht mehr. Statt Beistand geben zu können, schien sie ihn selber zu brauchen.

Sie richtete sich mühsam auf. Er sprach sie an. Er verstand sie erst nicht, die Kombination von Zahnlosigkeit und Trunkenheit macht ihre Artikulation so zuschanden, dass er erst nicht erkannte, welche Sprache das sein mochte. Vielleicht sprach sie wirklich Jakutisch. Vielleicht hielt sie ihn für einen Angehörigen. Freundlicherweise wiederholte sie alles, was sie sagte, so oft, bis er es verstand und auch danach noch ein paarmal, wie es Alkoholiker manchmal tun.

Von den Deckenbalken hingen massenhaft Stoffstreifen, die mal bunt gewesen waren, dazwischen Tierbälge, Klauen, Knochen, Schnäbel, Schädel, getrocknete Pflanzen. Eine rauchgegerbte ovale Trommel glaubte er zu erkennen. Er wusste: Hier war er richtig. Und er kam keine Minute zu früh. Am Schornstein des Eisenofens sah er geschmiedete Teile hängen, die die Form menschlicher Knochen hatten. Die waren für ihn.

»Wo kann ich mich hinlegen?« fragte er, »ich werde jetzt sehr schnell krank...«

Er rollte einen Ärmel auf, um ihr eine Stelle zu zeigen, wo das Blut schon recht kräftig aus der Haut austrat, ohne dass auch nur ein Kratzer sichtbar war.

Die Alte wurde schlagartig nüchtern und öffnete die Augen zu einem schwarzen Glanz.

»Verdammt!« rief sie und kletterte aus dem Bett, »dass mir das noch blüht! Dass ich nicht in Ruhe sterben kann! Kommt da so ein feines Herrchen aus dem Süden, aus dem Westen, kann doch nichts davon kennen, und hat die heilige Krankheit, der Herr der Messer weiß, woher? Söhnchen, wie kommst du dazu? Und hast du ein Opfertier mitgebracht?«

»Ja, ein Pony. Aber ich hoffe, es wird überleben.«

»Gut, führ es auf die Koppel am Haus.«

Er tat es und kehrte ins Haus zurück. Sie blickte nicht eben drein, als bewundere sie ihn, sondern schaute ihn mehr an wie jemanden, der sich anschickt, ihr das Letzte zu stehlen, was sie besitzt, und es ihr auch noch ankündigt. Jetzt sah er erst, dass sie eigentlich noch ziemlich jung sein musste dafür, dass sie sich auf dem Sterbebett wähnte, mehr als Fünfzig gab er ihr kaum.

Und wie sie auch schimpfte, traf sie nun doch fieberhaft die Vorbereitungen, die er aus den ethnografischen Büchern kannte. Aus irgendeinem Grunde hatte sie einen Sack getrocknete und unbenutzte Späne aus weichen Teilen von Birkenrinde und Lärchennadeln auf dem Dachboden. Hatte sich den als Matratze gemacht, sagte sie. Darauf kam ein Haufen saubere Lumpen. Sie gab ihm einen Becher Wasser zu trinken und befahl ihm, alle Kleider auszuziehen. Dann deckte sie ihn mit einer Decke zu, die mit Hunderten von gerissenen Stoffstreifen benäht war, so dass sie aussah wie ein zottiger Pelz, darauf waren einige Reihen Kaurischnecken geknüpft.

Er wollte diese Decke noch untersuchen, ein unglaublich interessantes Stück, es wies alle Kennzeichen eines Gegenstandes auf, der zu einem Schamanen gehörte, und doch hatte er dergleichen nie in einem Museum gesehen. Er begriff, dass die sibirischen Indianer längst nicht alles zeigten, was sie hatten...

Er wurde noch einmal wach, weil er daran dachte, dass er die Gastfreundschaft der Pilzlena ja nun längere Zeit strapazieren würde, aber ihr wurde nicht mehr abverlangt, als ihm ab und zu Wasser zu geben...

ICH BIN'S! HÖRST DU MICH NICHT?

Ich bin's, der, den du schon lange kennst, ich bin dein Hilfsgeist. Und nein, einen Namen wirst du von mir nicht erfahren. Ich bin dir nur selten erschienen, aber jetzt mache ich dich zu meiner Frau.
Du bist ein schöner Mensch, auch wenn du nicht mehr ganz jung bist, aber deine Seele ist jung, du gefällst mir.
Ich habe geschlafen und nie recht gesehen, wie hübsch du bist und wie geeignet für meine Zwecke. Du hast lange keinem anderen gehört. Das ist recht so. Von dem blöden Bart abgesehen, den du auch auszupfen könntest statt ihn zu rasieren, bedeckt nur weicher Flaum deine Wangen, das finde ich reizend.

73

7 *Hilfsgeist*

Du wirst deine Haare wachsen lassen und zu einem Pferdeschwanz binden oder dir Zöpfe machen, wenn wir allein sind... Und ich möchte, dass du Ohrringe trägst, Geliebte. Ich verlange nicht von dir, dass du Frauenkleider trägst und dich schminkst, denn wir werden in einem Land leben, wo man unsere Beziehung nicht versteht. Du und ich — wir spielen nicht nur so herum, weißt du! Sondern wir haben wichtige Aufgaben und gefährliche Gegner. Die können so frech werden, weil die Leute nicht mehr glauben... Dir muss ich das nicht sagen. Unsere Gegner sind nicht zu unterschätzen. Du hast dich jetzt genug erholt. Du bist heil, du kannst anfangen mit dem Schamanisieren. Keine Zeit vertun! Auf! Komm hoch! Los! Zieh das Kostüm an, das die Pilzlena für dich repariert hat!

Es ist dir zu schwer? Zu schwer! Dass ich nicht lache! Gehorche mir, und du wirst fliegen lernen! Zu schwer?!

Nimm die Trommel. Sie hat sie Jahre lang aufbewahrt für dich. Seit der letzte Schamane hier im Ort starb. Jetzt haben sie einen, der lebt weit von hier und ist auch von einem anderen Stamm. Aber sie warten, dass ihr Schamane wiederkommt und bei dem anderen lernt. Das sollst du tun: Bei ihm in die Lehre gehen.

Die Pilzlena hat sich gut um dich gekümmert, sie hat dir Wasser gegeben und die Stoffstreifen vor deinen Augen erneuert. Sie hat die blutigen Lumpen deines Lagers mit dem Spansack auf den Opferplatz gebracht und in die Lärche gehängt. Sie hat deine Sachen versteckt. Die Polizei war da. Sie haben dich gesucht. Lena hat dich unter einem Haufen Kleider versteckt. Sie haben nicht in dem Haufen nachgesehen. Meiner Hilfe verdankt ihr, dass sie dich nicht rausgerissen haben aus dem Heiligen Schlaf! Stell dir vor, sie hätten dich weggebracht, vielleicht gar mit dem Hubschrauber! Und deine Seele hätte den Körper weiter hier gesucht, während er woanders im Koma läge, während sie ihn künstlich am Leben erhalten, und niemand wäre da, der sie wieder zusammenbringen könnte.

Dann, irgendwann, vielleicht nach dem Transport nach Deutschland, hätten sie die Apparate ausgeschaltet, weil keine Hoffnung mehr sei. Und du wärest verloren gegangen, fortgeweht von den Stürmen des Totenreiches, unauffindbar für uns.

Einen starken Schamanen erkennt man an der Stärke seiner Gegner, und sie hatten dir die Polizei ans Krankenbett geschickt, mit ihnen ist nicht zu spaßen. Wer sie sind, deine Gegner? Eine erlauchte Gesellschaft, du wirst sie kennenlernen, denn ich will, dass du ihnen befehlen lernst. Dafür brauche ich dich. Und solche wie du — aber bilde dir nichts darauf ein — sind selten heutzutage.

»HÖRST DU MICH, SÖHNCHEN?«

Die Welt dreht sich langsamer und bleibt endlich stehen, so dass Martin die Augen öffnen kann. Da behindert etwas seinen Blick, es sind Fransen aus Stoff. Er schiebt sie beiseite.

»Steh auf«, sagt die Pilzlena, »du musst trommeln lernen.«

Sie drückt dem Verwunderten, dem Entkräfteten den Schlegel und eine ovale Trommel in die Hand.

Ob das nicht Zeit hat? Nein.

Es ist das erste, was er nach dem Aufwachen tun muss.

Sie zeigt ihm, wie man die Trommel an dem Holzkreuz hält. Dieses ist geschnitzt und hat ein menschliches Gesicht.

Ist das die Trommel, die er »im Rauch« hat hängen sehen? Ja, sie ist es, frisch bezogen mit einem neuen Fell. Neu bemalt, von etwas zittriger Hand, aber fachkundig. Sie tönt kräftig, tief und energisch. Er schlägt sie stärker, die Tassen klirren auf dem Regal.

»Sachte, Söhnchen! Spar' deine Kräfte für das Kostüm!«

Sie hat alle Eisenteile, die am Ofenrohr hingen, darauf festgenäht. Er erkennt die Form von Schulterblättern, Rippen, Schienbein, Elle und Speiche.

»Das wiegt ja eine Tonne!« beschwert er sich.

»Zieh' an, zieh' an!«

»Wie soll ich denn damit tanzen, das ist ja schon zum Stehen zu schwer!«

Ein-, zweimal kommt er damit um die Hütte, dann sinkt er auf den Hocker.

»Damit musst du zu einem Freund von mir, zum Ateş der Sprechenden Steine, wenn er aus dem Sommerquartier zurückkehrt. Nur er kann dich die Gesänge lehren. Ich bin ja keine Schamanin, nur die unglückliche Witwe von einem, ich kann dich nichts lehren...«

Damit war sie ja nun entschieden zu bescheiden.

»Aber so lange kann ich nicht bleiben!«

»Lange? Keine zwei Monate — das nennst du lange?«

Sie diskutierten immer noch, als sie ihm die erste Mahlzeit reichte. Als erstes versprengt sie Milch, dann darf er davon trinken. Der Geschmack ist so befremdlich, dass er erst gar nicht begreift, was damit ist — sie ist mit einem ordentlichen Schuss Wodka versetzt.

Sieben Tage habe er wie tot gelegen, sagt sie. Sie gibt ihm nun auch seine Kleider wieder, die sie versteckt hatte. Seine Digitaluhr steht. Aber seine Gastgeberin hat ein altes Radio, sie hören Nachrichten, und die Ansage beweist, dass er eine Woche lang geschlafen hat.

»Du musst bald zum Schamanen in die Lehre«, insistiert sie, »sonst würde dir dein Hilfsgeist übel mitspielen...«

»Hab' ich denn sowas?«

Sie schaut ihn an, als wolle er sie auf den Arm nehmen.

»Das weißt du ja wohl besser.«

Weiß er auch.

»Was wird er mir schon tun, er ist doch ein Guter. Ich kann ja auch nichts dafür, dass ich zurück muss.«

»Geistern ist nie zu trauen. Sie helfen dir, aber sie führen dich auch gerne an der Nase herum. Sind wie Hunde, brauchen eine harte Hand. Das musst du lernen. Überleg's dir. Aber überleg' nicht zu lange. Und das Schamanenkostüm und die Trommel nimm mit.«

Na, wunderbar. 17 Kilo Luftgepäck mehr. Schon auf dem Herflug war es knapp.

Als er ins Camp zurückkehrt, herrscht helle Aufregung. Die Suche nach ihm läuft auf Hochtouren. Verschiedene Vermutungen werden gehandelt, zum einen die, er hätte sich in der Tundra verlaufen, oder er sei gekidnappt worden und sollte gegen Lösegeld wieder freigelassen werden. Und was bringt er da nun mit? Er hat das Kostüm über den Rücken des Pferdes gelegt und die Trommel obendrauf, in ein Tuch gewickelt. Seine Kollegen bersten vor Neugier. »Wo hast du das Souvenir her? Ist das echt?«

»Finger weg!« —

»Mensch, das reißt dir das Museum aus den Händen!«

Bei näherer Betrachtung sind sie enttäuscht.

»Das ist ja neu. Dafür interessiert sich das Museum nicht.«

»Ein Glück«, denkt Martin.

Und was hat er die ganze Zeit gemacht?

»Ich war krank«, sagt Martin, »lag mit Fieber in der Hütte der Pilzlena, und sie hat mich gepflegt.«

»Ist doch gar nicht wahr, die Polizei war da und hat dich nicht bei ihr gefunden.«

»Da war ich grade draußen zum Pinkeln. Und die Pilzlena war wieder besoffen und hat nicht verstanden, was die Bullen wollten.«

Vorbei sind die Zeiten, da er Einblicke in sein Innenleben zuließ.

Er bringt das Pony zurück, der Inhaber schimpft lauthals, er habe es heruntergewirtschaftet. Es habe die ganze Zeit draußen grasen dürfen, sagt Martin, das hätte ihm die Lena beteuert. Offensichtlich hat es nicht gefressen, es ist tatsächlich abgemagert. Die Mücken scheinen es ausgesogen zu haben. »Mücken, so groß wie Elstern!« schimpft der Besitzer. Martin lässt dem Mann die Hälfte des Pfandgeldes.

UND DANN, IN DER NÄCHSTEN NACHT, MELDET SICH DER HILFSGEIST WIEDER:

»Binnen sieben Jahren wird die Schamanenausbildung gemacht! Ist das klar? Sonst bringe ich dich in die Psychiatrie. So lange hast du Gnadenfrist. Ich schütze dich vor Anfeindungen, und du sollst ein ruhiges und sicheres Leben führen, in dem dich keiner bloßstellt. Aber bis du dein 44. Lebensjahr vollendest, bist du wieder hier. Ich werde dir

*helfen, Ateş zu finden, wo immer er steckt. Von daher gibt
es kein Problem. Hast du mich verstanden?«*

»Jawohl, Meister«, murmelt Martin genervt.

Er setzt seine Arbeit fort, malt Erdschichten, siebt Schippe für
Schippe von dem kalten Matsch auf Pfeilspitzen und Knochen-
splitter durch, sortiert alles, was Erkenntnisse verheißt, in Papp-
schächtelchen ein und beschriftet sie sorgfältig. Der große Fund,
von dem die Stoßzahngräber faseln — »findet doch mal Gold!« —
ist bei so einer Arbeit natürlich kaum zu erwarten.

Am Abend, als das Team im Zelt sitzt und sich wieder beim
Tee auf dem Spritkocher von Herzen langweilt, kriegt Martin
wieder Besuch von seinem Hilfsgeist. Es beginnt damit, dass er
einen Gähnkrampf erleidet und rücklings auf sein Feldbett sinkt.

Niemandem fällt das auf, allenfalls macht einer eine Bemer-
kung von der Art: »Wovon ist der denn müde? Der sitzt doch eh
nur den ganzen Tag auf seinem Schemel.«

Das hat Martin aber schon nicht mehr gehört. Er ist mit anderem beschäftigt.

Sein Hilfsgeist ist dunkel und starr und macht ihm auch ein wenig Angst, wie er sich so über ihn beugt.

»Wie heißt du?«

»Willst du meinen Namen wissen? Es ist an dir, das herauszufinden. Du berufst mich. Und so lange du meinen Namen nicht
weißt, kannst du es nicht. So lange beherrsche ich dich.«

»Willst du denn, dass ich dich beherrsche?«

»Werde stark genug, dann kannst du es. Von 'wollen' ist keine Rede. Und nun lass mich zu dir.«

Was tut er nun? Er schickt sich an, von Martin Besitz zu ergreifen. Und Martin hat nun auch keinen Namen mehr. Martin — das passt nicht mehr. Denn ihm ist, als hätte er Brüste und einen Schoß, darauf hat der Dunkle es abgesehen, was kann er tun als ihn lassen? Aber er will's ja auch.

Wirr hat er dann geträumt. Nur, dass es kein Traum war, sondern eine andere Art nichtphysisches Ereignis, das war klar. Es ist so wie auf dem Krankenlager: Er kennt den Zustand längst und fürchtet ihn jedes Mal von neuem.

Am nächsten Tag vermisst Martin sein Messer. Ihm fällt ein, dass er ein Opfer schuldet, und einen Moment hatte er dafür sein Messer in Betracht gezogen. Aber dann beschloss er, es zu behalten, denn er braucht es für tausend Arbeiten. Er verliert unnötig Zeit mit der Suche — es ist weg. Sicher hat ihn niemand bestohlen. Hier im Camp haben sie alle Messer.

Als die Suche ohne Ergebnis bleibt, beschließt er, es als verschenkt zu betrachten, als das besagte Opfer. Und er setzt noch eins drauf, weil er den Verlust als gerechte Strafe für sein Versäumnis ansieht. Er gießt Schnaps bei einer Lärche am Camp aus, legt Brot nieder und sagt: »Mit dem Messer — für euch.«

Daraufhin findet sich das Messer in einer Seitentasche seines Rucksacks, in der er schon dreimal nachgesehen hat.

Bevor sie das Camp auflösen und ihre Ausrüstung packen, geht er noch einmal zur Pilzlena. Sie ist wieder betrunken. Er will ihr das Messer schenken, meint, sie müsse sich freuen. Aber sie zieht die Hand weg, als könne sie sich verbrennen.

»Leg's da auf den Tisch«, ordnet sie an, »Metall nie von Hand zu Hand, am besten auf Holz.«

Er gehorcht.

»Komm, das opfern wir«, sagt sie und erhebt sich taumelnd. Martin folgt ihr zu der großen Lärche, an der eine große Menge roter, blauer und weißer Stoffstreifen hängen, verblichen und vom Regen verwaschen oder frisch und neu, Beweis für den lebenden Kult. In die Erde am Fuß des Baumes steckt sie das Messer.

ANDERNTAGS BRINGT IHN DER HELIKOPTER IN DIE STADT, DANN DER FLIEGER NACH TOBOLSK.

Er hatte einen jener Flüge gehabt, nach denen man »nie wieder!« schwört. Und er vergaß wiederum rasch die Tage seiner Krankheit und die seltsamen Begegnungen im Halbschlaf. Das Kostüm und die Trommel hingen an der Wand als Souvenirs, exotisch und unverstanden.

Freunde, die zu Besuch kamen, hatten wohl auch mal probehalber die Trommel geschlagen und den geschnitzten Griff bewundert, das längliche Gesicht mit den runden, je nach Lichteinfall erstaunt bis panisch erschrocken dreinschauenden Augen. Und während die Freunde die Sachen neugierig zu untersuchen fortfuhren, kam ihm der Gedanke, er mache vielleicht einen riesengroßen Fehler, wenn er diese Dinge so offen herumzeigte. Aber sofort siegte die Versuchung, sich mit seinen Exotica dicke zu tun.

»Zieh' das doch mal an!« forderte man ihn auf.

»Ihr müsst es mir anziehen, ich darf es nicht selber berühren, wenn ich es anziehe.«

So viel Rücksicht auf die Gesetze nahm er denn doch.

So stand er mit abgespreizten Armen da, während sie ihm das kiloschwere Objekt anlegten und das Fransenband um seinen

Kopf befestigten. Dann drückten sie ihm die Trommel und den Schlegel in die Hand.

Er begann, sie zu schlagen, und bewegte sich langsam im Kreis, machte kleine Schritte und fühlte auf einmal, wie etwas ihn trug, wie leicht ihm das Kostüm nun auf einmal war, trotz der Eisenteile und der anderen angeknoteten Anhängsel, Fransenzöpfe, Glöckchen und Kaurischnecken.

Dann begann er zu singen. Erst summte er nur, artikulierte keine Worte, dann kamen die Sätze ohne Nachdenken zustande.

»Auf dem hohen Pfahl, auf dem Simsala, sitzt der kleine Vogel. Das ist eine meiner Seelen, die in der Tundra blieb. Ja, ich bin ohne sie zurückgekommen. Nur drei habe ich, wenn ich nicht hinfahre, sie zu holen.«

Russisch erschien ihm für diese Verrichtung relativ ungeeignet, aber es erlaubte ihm, Strophen zu improvisieren, die die Besucher nicht verstanden. Wahr musste es aber sein, was er hier sang, nach und nach wurde ihm klar, dass dies hier nämlich kein Spiel war, sondern Ernst. Und wenn sie ihn auch nicht verstanden, so machte er sich wenigstens nicht lächerlich.

»Der Vogel singt, die Leute mit den Rentieren sind bald zurück, wenn die Moore zufrieren. Die Leute versammeln sich im Tschum, da sitzen sie ums Feuer, da reden sie von Xhutgani-Ezen, dem Hüter der Bären, dem Herrn der Messer...«

Das war Lenas verräucherte Hütte, da hingen die Bälger ausgestopfter Tiere unter der schwärzlichen Hüttendecke und bewegten sich und lebten! Wie hatte er vergessen können, dass das die Wirklichkeit war und dies hier nur Illusion! Hier ging er ja wie ein Kind über Eis, das nicht glaubt, dass unter dem Eis Wasser sein könne. Und ich Trottel habe das alles für einen Traum gehalten, während ich in Wahrheit die zivilisierte Welt träume, Flughafen, Taxi und Universität, das ist der Traum!

UND DANN KAM ER.

Es war Xhutgani-Ezen selber. Nun wusste er es wieder. Das hatte er ja vergessen, aber das war auch gut so, damit er es niemandem verriet. Und jetzt war alles wieder da, was er auf seinem Lumpenlager in Sibirien erlebt hatte.

»Ich operiere dich«, hatte der Herr der Messer gesagt, »und dein Hilfsgeist assistiert mir.«

Er war sehr beschäftigt. Er breitete ein Tuch aus, stellte einen großen Kupferkessel aufs Feuer, schliff einige Messer, eins davon war ein sichelförmiges Schabemesser von der Art, wie sie die Innuit-Frauen zum Reinigen von Häuten benutzen. Daneben legte er lange Haken und stellte eine Reihe hölzerner Stangen auf. Endlich wandte er sich Martin zu, packte ihn bei den Haaren, und mit einem kräftigen Schwung seines krummen Messers trennt er ihm den Kopf vom Hals.

Wie auf dem Karussell schwankt der Raum um ihn, dann findet er sich auf dem Wandregal wie auf einer Balustrade, schaut wie von der Galerie auf die Bühne. Sie stehen um seinen kopflosen Körper herum, hässliche Kerle mit tellergroßen Augen, und sie fangen an, ihn zu häuten. Der Kopf auf dem Regal schaut zu, wie sie das Fleisch von den Knochen lösen, wie sie mit Hilfe der eisernen Haken die Gelenke sprengen und die Glieder auseinanderreißen. Alles Fleisch kommt in den Kessel, schmatzend probieren sie die Eingeweide und wickeln sie in die Haut und hängen sie in den Kessel, um sie zu kochen. Die Köche meckern und schnattern. Sie breiten die Knochen auf einem schwarzen Tuch aus und beginnen laut zu zählen. Mehrfach verzählen sie sich und fangen von vorne an. »Zwei zu wenig!« kreischt einer und schwenkt einen Oberschenkelknochen, »zwei zu wenig! Er kann nicht Schamane werden!«

»Unsinn!« mischt sich der Kopf vom Regal aus ärgerlich ein, und sechsundzwanzig Telleraugen wenden sich ihm zu, »ihr habt den Schädel und den Unterkiefer vergessen!«

Da ging ein Zetern und Fiepen los. »Ja, natürlich! Gut, dass du uns daran erinnerst! Er kann ja doch Schamane werden, er wird Schamane, wenn wir mit ihm fertig sind!«

»Da habe ich mir ja was Schönes eingebrockt«, dachte er, aber ihm schien, andernfalls wäre es schlimmer gekommen.

Das Fleisch kocht im Kessel: bulbul, das Feuer prasselt darunter: krickkrick, der große Kupferlöffel stößt beim Rühren an die Kesselwände: kunkkunk. Sie zerren Stücke heraus und spießen sie auf Stangen, lecken sich die Finger ab und schlabbern die Brühe aus der Kelle. Einer, der Größte wohl, hat sich die Haut um die Schultern gehängt und tanzt damit, die Hände und Füße pendeln im Takt.

Endlich, als das Mahl schon lange währt, beginnt der Herr der Messer die Knochen zu ordnen. Der Hilfsgeist, der Martin die ganze Zeit den Rücken zukehrt, hilft ihm dabei. Gemeinsam nehmen sie das Fleisch von den Stangen. Unterdessen schlürfen die kleinen Gäste die Suppe und schmatzen wohlig, während die Knochen vom Fleisch umhüllt werden, geformt wie Lehm, geknetet wie Brotteig.

»He, da stimmt was nicht!« ruft der Kopf vom Regal, »ich hatte keine Brüste! Und wo habt ihr mein Glied gelassen?«

Sie ignorieren ihn gänzlich. Da kann er toben auf seinem Regal, er kann nichts machen. Unbeirrt formt der Herr der Messer einen zart gespaltenen Venushügel.

»Gefällt sie dir?« fragt er mit anzüglichem Grinsen den Hilfsgeist.

Einen Augenblick lang sieht Martin das Profil des Hilfsgeistes. Warum er so erschrak dabei, weiß er nicht. Denn einerseits sieht er schön aus, sieht Martin fast ein wenig ähnlich; andererseits hat er etwas Wildes... als ob er noch nie in einen Spiegel gesehen hätte.

Er wünscht, er hätte es nicht gesehen, dieses Gesicht. Und er weiß, er wird süchtig danach werden, es wiederzusehen. Wieder schwebt er, von der Faust des Herrn der Messer an den eigenen Haaren gepackt und getragen, hinüber zum Tisch und wird mit einem ruppigen, kurzen Ruck auf die Schultern gedrückt. Die Haut wird übergezogen, sie spannt etwas an der Brust, ist dafür im Schritt zu lang und wird vom Herrn der Messer ohne Umstände gekappt.

»Er muss jetzt noch ein paar Tage schlafen.« Martins Augen werden zugedrückt. Und die Hütte der Pilzlena dreht und dreht sich auf einem Hahnensporn, und Martin wird nichts wissen, bis sein Hilfsgeist ihn ruft.

ER ÖFFNET DIE AUGEN UND FINDET SICH ALLEIN.

Seine Kumpels haben sich fortgestohlen, sogar unter Hinterlassung halbvoller Gläser, das sieht ihnen gar nicht ähnlich.

Wie lange hat seine Performance denn gedauert? Er befreite sich aus dem Kostüm — das musste er nun selber tun — und sah auf die Uhr. Es war viel mehr Zeit vergangen als er vermutete. Das war ihnen dann wohl langweilig geworden.

Irrtum. Es wurde ihnen unheimlich, erfuhr er anderntags, und er erfuhr es nur deshalb, wie er einen seiner Besucher vom Vortag eindringlich bat, ihm zu verraten, was die anderen davon dachten. Sie hielten ihn für durchgeknallt — nun, das überraschte ihn nicht.

In dieser Nacht kam sein Hilfsgeist wieder, sanft und gemessen, sein zärtlicher und mächtiger Liebhaber. Er erkannte ihn nicht gleich. Er ergriff ihn. Er drückte ihn, bis er kaum noch Luft bekam, ergriff zugleich seinen Schoß, war in ihm, füllte ihn wie ein Weib, wie einen Mann, er wusste es nicht, so kraftvoll war sein Eindringen. Er küsste ihn erstickend und Schauer über seinen ganzen Körper schickend, und aller Widerstand löste sich auf. Ihm war, als fülle er ihn ganz, als durchdringe er ihn bis in die Fingerspitzen, bis in Stirn und Ohren und schaue aus seinen Augen. Und da war er ein einziger Orgasmus, von Kopf bis Fuß, schüttelte er ihn durch und ließ ihn pulsieren, löste es aus, was ihm über die Rippen floss, als er zu Bewusstsein kam, und zog sich wieder zurück. Auf und ab durchprickelte ihn das und übergoss ihn mit einem Glück, wie er es nie gekannt hatte.

»Bist du es, Xhutgani-Ezen?« fragte er, als er wieder Luft bekam. Ihm war, als lachte der Geist zum ersten Mal.

»Der Herr der Messer ist ein paar Nummern größer«, sagte er, »ich bin nur ein kleiner Dämon. Aber du gefällst dem Herrn, dein Opfer war gut, er wird dich beschützen.«

Nicht nur einmal erwachte Martin in Nächten und strich über seinen Körper und fühlte eine weibliche Brust. Fast erwartete er, sie auch tags wiederzufinden. Aber das blieb sein und des Geistes

Geheimnis. Tagsüber blieb er ein Mann. Doch in den Nächten kommt sein dämonischer Liebhaber wieder. Mit klopfendem Herzen erkannte er sein Herannahen. Mit zärtlichen Namen begrüßte ihn sein Liebhaber, »mein Bärchen, mein kleiner Vogel.«

Der nächtliche Tanz hatte ihn Freunde gekostet, die sich befremdet darum bemühten, ihn aus den Augen zu verlieren. Er hatte mit seinen Paukenschlägen die Nachbarn geärgert und Besserung gelobt. Kostüm und Trommel hingen in seinem Schlafzelt und gemahnten ihn an sein Versprechen.

Längst ging er nicht mehr an Orte homosexueller Versuchung. Dort, wo Männer Frauen zu treffen suchten, hatte er seine Ruhe und konnte allein tanzen. Er sah die anderen kaum an, er erklärte die Basstrommel der Musik zu einer schamanischen und vertiefte sich in seine eigenen Bewegungen.

Gelegentlich fielen Musik oder Lichtanlage aus, ohne dass man eine eigentliche Ursache fand; dann wusste er, dass er wieder übertrieben habe.

Niemand erfuhr mehr von seinen Plänen, während er eisern für eine Sibirienreise sparte. Doch wusste er nicht, wie er das anstellen sollte. Während seine erste Reise ein Selbstgänger war, fühlte er sich jetzt hilflos, beschützt zwar, aber fern von jeder Initiative. Passiv ließ er alles an sich vorbeigehen, lebte sparsam, tat seine Arbeit mit Sorgfalt und Liebe, doch ohne Ehrgeiz.

Er kleidete sich so auffallend schlicht, dass auch das ihm wieder Fans eintrug — machte ihn gerade seine Zurückhaltung anziehend? Und doch sah ihn nie jemand verpaart davonziehen.

Er hatte sich müde getanzt, und in seinen Ohren rauschte der Nachhall der Musik. Und noch halb blind von den flackernden Lichtern fand er sich plötzlich hinter ihr und erkannte Gang und Stimme. An ihrer Seite ging just jener stumpfnäsige Fußballheld, den er als ihren Verehrer visualisiert hatte.

Als hätte sie seinen Blick gefühlt wie ein Streicheln, so drehte sie sich um und schaute ihn an; offenbar hatte sie ihn schon vorher bemerkt.

Sie stellte die beiden einander vor, stolperte bei seinem bürgerlichen Namen — »Matthias...« — »Martin«, kam er ihr zur Hilfe.

»Pardon, ja, mein Gott, ist das lange her.«

Oh, ja. Sieben Jahre. Nicht Wirtschaftswissenschaft studiert der Freund, sondern Informatik. Einzige Unschärfe in der Vorausschau. Nichtssagend war diese Begegnung.

Sie bemerkt nicht, dass er hinter ihnen hergeht, als sie sich schon getrennt haben. Denn auch er will ja zu seinem Auto gehen. Und so hört er ihr Gespräch, ohne es zu wollen.

»Wer war das?« will der Jüngling wissen.

»Ach — so ein putziger alter Schwuler, den kannte ich als Kind, der hat mit mir Indianer gespielt. Nahm er anscheinend richtig ernst. Bisschen verrückt ist er. Aber nett.«

»Hast ja recht«, dachte Martin.

Er ging seinen eigenen Weg.

8   *Hofeingang in Venedig*

II. NICHT SCHAMANE

SIE ERWACHTE MIT DEM GEFÜHL, SICH SELBER FREMD ZU SEIN.

Sie musste den Wochentag erst benennen, der ihr geschenkt wurde wie jeder Tag zuvor. Sie glaubte, sich aller Träume zu erinnern, die sie je gehabt hatte. Da waren lange Ketten wie Dominosteine, die auf das Umfallen warten. Sie fühlte eine Notwendigkeit, sich selber neu zu benennen. Keine Ahnung, wie. Bestimmt aber nicht Nicole. Nie-Koll. Ein Name wie Kohle oder Klebstoff. Ein Name wie eine Absage an ein Jemals: Nie. Ganz im Gegenteil, ich empfinde Kontinuität. Ich bin nicht, also kann ich keinen Namen haben, aber ich nehme wahr, ich dauere fort, ich bin frei, ich bin schön.

Der Mann an ihrer Seite schnarcht noch. Sie steht auf, schaut auf ihn zurück, sieht ihre eigene zurückgeschlagene Bettdecke und denkt, dies ist ein Kokon, den sie verlässt. Im Schlaf dieser Nacht ist sie geschlüpft, und das muss sie nun auch im Wachen tun.

Sie zieht leise etwas an, es ist heiß, es braucht nicht viel, eine leichte Cargo, ein T-Shirt, Handy und Schlüssel, Börse und Sonnenbrille, und sie ist fertig für den Tag und zieht die Tür leise ins Schloss. Er wird sich wundern, dass ihm noch niemand einen Kaffee gemacht hat, er wird sich wundern, dass ihn kein Kuss begrüßt oder noch Geileres.

Das wird nicht mehr passieren.

Es ist Sonnabend. Sie kürzt den Weg zu ihrer Wohnung ab, indem sie durch den Wald geht. Es ist ein belebter Weg, Radfahrer und Läufer halten ihn in Bewegung und verleihen ihm einen heiteren Zug durch ihren Eifer, manche durch Genuss an ihrem eigenen Körper, der laufen kann und atmen und wieder gehen und wieder laufen. Manche sind dabei, die genießen, was sie zeitweilig verloren hatten, wissen es nun erst richtig zu schätzen. Sie trabt ein wenig, denkt daran, wie einmal eine Verletzung sie zum Gehen mit Krücken zwang, freundlicher ausgedrückt, Gehhilfen; wie sie es genossen hat, wieder laufen zu können wie zuvor. Und wie kostbar ihr die Freiheit war.

Und Freiheit ist auch, einen Kerl einfach ausschlafen zu lassen und wegzugehen, ohne ihm etwas zu sagen oder auch nur einen Zettel zu hinterlassen. Nicht einmal eine SMS hat sie ihm gegönnt. Aber man macht nicht per SMS Schluss, das ist stillos und brutal. Also ist sie noch mit ihm zusammen.

Und er sagt ihr, was sie zu tun hat. Sagt immer: »Du bist so dünn, iss was.« — »Was schreibst du da schon wieder? Findest du es gut, deine Zeit mit etwas zu vergeuden, was ja doch nicht veröffentlicht wird? Die Qualität wird mit dem Portemonnaie definiert. Denk an Stephen King. Tu mal was Nützliches. Staub saugen. — Wieso ich? Das ist Frauensache.«

Nicole hat nicht darüber nachgedacht, wohin sie läuft, aber es ist ihr recht. Es ist auch kein Zufall. Da ist ein etwas abgelegener Teil des Waldes, in den vergangenen Jahren zugewachsen, und das sollte er auch. Soll eine Zufluchtstätte für Zaunkönig und Buntspecht sein. Da ist kein Weg mehr, sondern Stock und Stein. Energisch verteidigt der Zaunkönig sein Revier, und der Specht warnt. Aber sie hat ein Ziel, sichtbar erst aus der Nähe, ein flaches Rund, die Steine, die es eingrenzen, sind unter den Brennesseln und Springkraut nicht mehr alle sichtbar. Die Fläche in der Mitte war festgetreten, aber Moos und Löwenzahn haben sich hier Bahn gebrochen.

Frische Messerspuren! Da hat jemand versucht, den Platz gegen das wuchernde Grün abzugrenzen. Hell leuchten die Schnittflächen von Ästen.

Wer könnte das getan haben, wenn nicht Martin?

Wie blöd sie sich benommen hat, als sie ihn nach der Disco traf, und Kevin war dabei. Da hat sie so getan, als sei ihr sein Name entfallen, wie peinlich!

Nein, sie hat ihre Freundschaft mit Martin niemals vergessen, und erst später ist ihr klar geworden, was er für sie riskiert hat. Er ist Jahre älter als sie, das hätte ins Auge gehen können. Hätte ihn fürs Leben ruiniert, wenn er in Verdacht geraten wäre. Inzwischen ist das Jahre her, Nicole ist jetzt erwachsen, er also jetzt in mittlerem Alter ... Und interessiert sich immer noch für unseren geheimen Platz?

Der Platz war mal eine Laube. Er war umstanden von jungen Bäumen, an denen Knöterich hochrankte. Inzwischen ist der Knöterich weggerissen worden, und von den Bäumen stehen noch drei, und sie wachsen in den Kreis und legen seinen Rand in Wellen. Nicole setzt sich für einige Minuten auf das Moos und ruht sich aus.

Ihr Atem verlangsamt sich wieder.

Und von hier aus sieht Kevin völlig fremd aus. Seine Ideen, seine Ziele, seine Art, Nicole zu behandeln. Sie fragt sich, wie man einem solchen Alien eine Kündigung schicken soll.

»Sorry, dieser Planet kann von Ihnen wegen anderer Zusammensetzung der Atmosphäre nicht betreten werden. Sauerstoff wird Sie auf der Stelle vergiften. Sie sind ein Methan-Atmer, Sie können die Erde nicht besuchen.«

Hier war jemand, der die Luft des Waldes atmen kann. Sie kann es spüren. Sie erinnert sich an diesem Platz immer besser. Je länger sie hier sitzt, desto mehr fällt ihr ein von ihren Begegnungen mit ihm. Nicole mag ihn nicht mehr Martin nennen, er hatte einen anderen Namen.

Das ist der Name. Puma.

Sie wird immer wieder auf dieser Lichtung auftauchen, bis der Puma es spürt und wiederkommt.

Ein Mann bewegt sich auf die Lichtung zu. Aber es ist nicht Puma, stellt sie verwundert fest; doch nicht jemand, der sie von hier vertreiben will? Ein Ordnungshüter, ein Grundbesitzer?

Sie kennt ihn nicht, er ist schon ziemlich alt, sicher über Fünfzig. Er hat schulterlange graue Haare und einen ordentlich gestutzten Bart. Er ist nicht groß und eher stämmig. Seine Kleidung ist die eines typischen Waldwanderers, wetterfest und praktisch.

Er bleibt in respektvollem Abstand stehen und lächelt Nicole zu.

»Ein schöner Platz, nicht wahr?«

Sie nickt unsicher. Will er sie angraben?

»Kennen Sie diesen Platz schon länger?«

Bitte, was will er?

Sie erhebt sich. Vorsichtshalber.

»Ja, seit zwölf Jahren«, sagt sie, »ein Freund von mir hat ihn geschaffen.«

»Oh. Ja. Ich hatte gleich vermutet, dass er mit Bedacht angelegt ist. Ich nutze ihn gelegentlich für meine Rituale.«

Sie atmete überrascht aus. »Rituale? Der den Platz angelegt hat...«

Sie verstummt. Das geht andere nichts an.

»Was für Rituale?« fragt sie misstrauisch.

»Zur Befriedung«, sagt er ausweichend, »von toten Seelen. — Ich spreche darüber nicht mit Fremden«, fügt er hinzu und macht einen Schritt auf sie zu, »mein Name ist Friedrich Koller, Rentner aus Mauer bei Wien. Jetzt kennen Sie mich, jetzt kann ich drüber reden.«

»Nicole Kleemann«, antwortet sie knapp, reicht ihm die Hand und drückt seine.

»Darf ich Sie zu einem Kaffee einladen?« fragt er.

Sie schaut ihn einen Moment schweigend an. Sie kann sich nicht entscheiden. Eigentlich wollte sie hier auf den Puma warten, aber jetzt zweifelt sie daran, dass sie ihn rufen kann. Es könnte Monate dauern, bis er mal vorbeikommt. Wenn überhaupt. Vielleicht ist er ausgewandert...

»Kaffee... Wo?« fragt sie zögerlich.

»Café Central«, nennt er einen beliebten, aber doch ruhigen Treffpunkt. Ruhig deshalb, weil das Café in Nischen eingeteilt ist, wo das Stimmengewirr abgeschirmt ist. Friedrich erklärt, dass es ihm immer schwerer fällt, in belebter Umgebung dem Gespräch zu folgen.

Und wann? Jetzt gleich? Aber er schlägt schon einen Termin vor. Den frühen Nachmittag am heutigen Sonnabend. Ja, dann hat sie noch Zeit, Dinge zu regeln und sich umzuziehen. Sie steht auf, reicht ihm die Hand, sagt das Treffen zu und trabt mit leichtem Schritt aus dem Kreis und hinüber zum Waldweg.

Das Wort 'Rituale' hat etwas wachgerufen. Sie erinnert sich der Gänsehaut, die Pumas feierliche Handlungen bei ihr auslösten. Dabei waren es einfache Worte, die er sprach, kurze Sätze, auf Deutsch. Nichts Exotisches, nichts 'Esoterisches'. Einfache Anrufungen von Elementen, Himmelsrichtungen, Vater Himmel und Mutter Erde.

Aber es war die ernste Art und Weise, die ihr jedesmal einen Schauer des Glücks über den Rücken jagte. Er spielte nicht, er glaubte daran. Und das verzauberte sie, solange sie noch ein Kind war; und es wurde ihr peinlich an dem Tag, als sie wusste: Sie war nun kein Kind mehr.

Das Ritual, das er an jenem Tag für sie machte, war ein Abschied. Sie wusste es eher als er.

ES IST KLAR, WARUM ER DAS CAFÉ ‘CENTRAL’ GEWÄHLT HAT.

Es ist von allen Treffpunkten das einem Wiener Kaffeehaus Ähnlichste. Holzbügel halten Zeitungen. Dunkle Möbel, einfüßige Tische und Bugholzstühle, kein Schnickschnack. An den Wänden hängen gerahmte Fotografien dieser Stadt in den Fünfzigern. Menschen, die Straßen entlanggehen, sind mit langen Schatten versehen, die schwarze Schneisen in die Straßen schlagen. Männer mit Trench und Hut steigen in die Straßenbahn. Frauen mit Strumpfnaht und kleinem Hütchen auf der halblangen Tolle schieben Kinderwagen, die aussehen wie Ufos am Stiel.

Er war in Burjätien, erzählt Friedrich.

Wo in aller Welt ist das?

Nördlich der Mongolei, südlich des Baikal-Sees, liegt die Republik Burjätien, ein Teil von Russland. Dort war Friedrich längere Zeit, um eine Krankheit durch Fasten auszukurieren, und das gelang. Als er geheilt war, fand er den Anschluss nicht mehr. Es gelang ihm nicht, von dort wegzufahren...

»Vielleicht war Ihre Anwesenheit dort noch nicht erledigt...«

Der Kellner bringt den Kaffee und ein Wasser für Friedrich und den Macchiato für Nicole.

»Das ist richtig, das war der Grund«, bestätigt Friedrich.

Und er erzählt ihr von dem Eremiten. Gawey Gielpo hieß der.

»Die Fastenklinik, in der ich den Krebs besiegt hatte...«

»Das sagen Sie so im Nebensatz...«

»Ja, mach ich. Hören Sie weiter. Die schickten mich zu einem Eremiten in einer Waldklause für eine Art Reha. Ich bin also, geschwächt wie ich war, zu ihm in die Waldhütte. Mit nichts als einem Satelliten-Handy und was zu essen im Gepäck. Alles strotzte von Beeren, aber die hast du auch mal über. Einem Bären begegnete ich auch, aber ich erinnerte mich daran, freundlich mit ihm zu reden, er trollte sich. Es war tatsächlich leicht, die Hütte zu finden.

Gawey Gyelpo wusste schon, dass ich kommen würde, aber dann erfuhr ich, dass er kein Telefon hat.

Lange Geschichte kurz gemacht: Ich blieb einige Wochen in der Hütte. Ich lernte einen Gesang, und ich lernte die dazu gehörenden Instrumente zu spielen. Der Gesang ist ein Ritus, um Dämonen zu besänftigen. Aber was sind die Dämonen? Die eigene Wut, Sehnsucht, Eifersucht.«

»Wie modern!«

»Ja! Dabei wurde dieser Ritus im 11. Jahrhundert entwickelt. Ich musste dann mit meiner Trommel und Glocke und der Knochentrompete...«

»Wie??«

»Ja, eine Trompete, die aus einem menschlichen Oberschenkelknochen gemacht ist. Das Kniegelenk bildet den Schalltrichter. Also, damit ging ich dann in den Wald...«

»Hatten Sie denn keine Angst?«

»Keine Angst zu haben ist ja der Zweck der Übung.«

»Ich unterbreche Sie dauernd, entschuldigen Sie bitte.«

»Versteh ich schon, ich fand das auch aufregend. Ich machte das Ritual also nun im Wald, gewöhnte mich daran, dass Rinder angelaufen kamen, die frei im Wald weideten, erschrak auch nicht mehr, wenn der Bussard mit einem schrillen Schrei über mir auftauchte. Er hört sich wirklich an, als werde jemand erstochen. Aber ich wusste, es ist mein eigener Geist, der mich erschreckt, meine Vorstellung ist es.«

»Aber kann man das denn trennen?« fragte Nicole, »das kommt doch spontan, dass man erschrickt und dass Bilder und Vorstellungen auftauchen...«

»Übung«, sagte er, »alles Übung. Und nun muss ich Ihnen etwas erzählen, nachdem wir uns schon ein wenig kennen. Ich werde einen netten jungen Mann besuchen, wenn wir unsere Kaffeestunde beendet haben, nämlich den, der diesen kleinen Ritualplatz geschaffen hat, und ich wusste auch gleich, wer Sie sind, Kriegerherz.«

Ihr war, als würde ihr der Kopf in Flammen aufgehen.

Ja! Das war doch ihr 'Indianername' gewesen, wie konnte sie das vergessen? Vielleicht hatte sie das verdrängt, weil Kinderspiele den Heranwachsenden so peinlich sind.

»Sie kennen den Puma?«

»Oh ja, ich kenne ihn. Leider ist er im Moment in keiner guten Verfassung.«

»Was ist mit ihm?«

Sie erschrak darüber, dass sie erschrak.

»Ich besuche ihn in der Psychiatrie. Möchten Sie mitkommen? Ich denke, das würde ihm guttun.«

— Oh je, wie kann das sein? Er war ja schon damals ein bißchen verrückt, aber gleich Psychiatrie? —

»Ja, ich möchte ihn sehen«, stimmte sie einem Besuch zu
und war dabei nicht so sicher, wie sie das verkraften würde.

Die Fahrt in die Vorstadt wäre ziemlich lang gewesen, wenn sie
mit der Bahn gefahren wären.

»Aber würden Sie denn mit mir, einem Fremden, ins Auto
steigen?«

»Wer mit dem Puma befreundet ist, kann kein ganz schlechter Mensch sein«, lächelte sie.

»Gut, dann steigen Sie ein!«

»Eine Weltreise per U-Bahn vermeide ich gern«, lachte sie
und schwang sich auf den Beifahrersitz seines betagten Mercedes.
Sie sprachen wenig auf der Fahrt; sie hatte gefragt, was Martin
denn für einen Eindruck mache, aber er entgegnete, es sei sicher
besser, wenn sie selber unvoreingenommen urteile.

»Ja, das ist wohl besser«, murmelte sie.

Und fürchtete Schlimmes.

Eine ganze Weile schwiegen sie, und sie genoss seine Fahr-
weise, die sie sanft schaukelte wie ein Kind in der Wiege.

»Sie haben sich lange nicht gesehen, nicht wahr?« fragte er.

»Stimmt, und das letzte Mal — vor Jahren — war nur eine
flüchtige Begegnung unter wenig hilfreichen Bedingungen...«

»Sie waren nicht allein?«

Ein kleiner Ruck ihres Kopfes verriet, dass sie sich einen
Blick verkniff. »Das ist richtig, ich war mit meinem Freund zusammen in der Disco, in der wir uns begegnet sind.« — Dass sie
mit Kevin Schluss machen wollte, ging ihn nichts an.

DIE KLINIK LAG IN EINEM PARK, DER ZU EINEM EHEMALIGEN GUTSHAUS GEHÖRTE.

Nicole bewunderte die mächtige Lindenallee, die Nebengebäude aus rotem Ziegel, in denen die Patienten wohnten. Ein Garten, ein einfaches Selbstbedienungscafé und ein kleiner Shop trugen zur Wohnlichkeit bei.

Und schon sah sie Puma. Er hatte den Besuch offenbar erwartet und saß in der Sonne auf einer Holzbank, auf der sich erste Herbstblätter versammelten. Friedrich schritt forsch in seine Richtung, Nicole folgte zögernd. Sie sah, wie sich Puma langsam und etwas schwankend erhob, wie er ein paar Schritte auf Friedrich zuging, dann umarmten sich die beiden Männer und tauschen ungeniert einen Kuss.

So ist das also. Ist aber ja keine Überraschung.

Nun näherte sie sich den beiden und konnte den Puma ins Auge fassen. Er sah fremd aus; sein Gesicht war runder geworden und wirkte sehr blass, beinahe grau und unlebendig. Seine Haltung war ein wenig zusammengesackt, so dass er viel älter aussah als er war.

»Ja, hier findest du mich wieder, Kriegerherz«, sagte er leichthin, »hast mich sicher anders in Erinnerung.«

Sie fand einmal eine tote Libelle — einen Teil von diesem Insekt, wohl den Rest von etwas, das ein Vogel gefressen hatte; der Kopf war noch da, die Augen schienen zu schauen, sie nahm den Torso mit, aber nach etwas mehr als einem Tag erloschen die Augen und wurden stumpf.

Daran erinnert er sie, an diese erloschenen Augen.

»Mein Hilfsgeist hat mich hierher gebracht«, sagt er, »aber das dürfen die Ärzte und die Pfleger nicht wissen. Also kein Wort bitte!« Er legt den Finger auf die Lippen. Nicole starrt ihn fassungslos an.

»Sie geben ihm Medikamente, damit die Halluzinationen aufhören«, erklärt Friedrich.

»Ja, ich habe den Fehler gemacht, ihnen davon zu erzählen«, fährt Puma fort, und ein wenig Leben kehrt in seine Augen zurück, »ich habe ihnen haarklein von meinen sibirischen Abenteuern erzählt. Und sie wollten alles über die Nacht wissen, als ich gekocht wurde...«

»Bitte??«

»Ach, das war ja, als wir schon lange keinen Kontakt mehr hatten. Davon habe ich dir noch nicht erzählt. Ich war doch in Sibirien. Ich habe in einer Art Koma gelegen, das von den Schamanen als 'Heilige Krankheit' bezeichnet wird, und hatte Visionen, dass mich die Geister zerlegt, gekocht und wieder zusammengesetzt haben. Und mein Hilfsgeist hat mir befohlen, binnen sieben Jahren zurückzukommen und die Schamanenausbildung zu beenden, sonst würde ich in der Psychiatrie landen.«

Nicole setzte sich mit auf die Bank, ohne es recht zu merken, und Friedrich zog sich einen dieser Gartenstühle heran, die aus Eisen und Holz bestehen und das Sitzen zur Folter machen.

»Sie wollen, dass ich abschwöre und zum wahren Glauben an die Realität zurückkehre«, berichtet Puma munter weiter, »und unter dem Einfluss dieser Drogen könnte ich schon mal auf die Idee kommen, nicht mehr an meine inneren Welten zu glauben.«

Er beugte sich ein wenig vor und sprach mit gesenkter Stimme: »Sie wollen mir nämlich einreden, dass es real wäre, was zwischen Wecken und Schlaftablette passiert, aber dass es psychotisch ist, was ich in der übrigen Zeit erlebe. Und dass es ein

Anzeichen für einen Wahn ist, wenn er perfekt ist und man ihn nicht anzweifelt und auch keine Krankheitseinsicht zeigt.«

Er lehnte sich zurück, ließ die Sonne auf seine geschlossenen Augen scheinen und fuhr fort: »Aber sie alle beten diese Welt des Wachbewusstseins an und halten sie für real. Lachhaft. Ein perfekter Wahn.«

Ein triumphierendes Lächeln breitete sich über sein Gesicht.

»Leider bedeutet meine Sicht der Dinge aber, dass ich Widerstand leiste. Aber wie kann ich mein Leben leugnen? Und nein, das waren nicht einfach nur Träume, das war ein Besuch in einer anderen Welt. Ich verweigere mich der Art, wie meine Ärzte die Welt sehen. Ich sehe sie nicht, wie ich sie sehen soll. Sie definieren die Gesundung. Sie verabreichen mir eine Droge, die die Sicht der Welt verändert, und halten das Ergebnis für Heilung.«

»Puma, so wirst du nie gesund!« stammelte Nicole entsetzt.

»Doch — wenn wir mit den Medikamenten aufhören.«

»Das ist keine Option«, sagte sie streng und schaute Friedrich an, denn sie war sich ihrer Sache doch nicht so sicher.

»Das ist nicht der Weg«, entgegnete Friedrich sanft, »Puma, du drehst wieder durch, wenn wir sie weglassen, du hast deine Mitpatienten bedroht...«

»Das war nicht ich«, sprach Puma im Wegdrehen, »das war mein Hilfsgeist. Er kann es nun einmal nicht vertragen, wenn man seine Existenz anzweifelt. — Ich muss pünktlich essen.«

Sein Ausdruck veränderte sich. »Bleibt ihr zum Abendbrot?« wechselte er plötzlich das Thema.

Friedrich schaute auf die Uhr.

»Wie ist es mit Ihnen?« fragte er Nicole.

»Ja, wenn es den Besuch ein wenig verlängert...«

Dort setzten sie sich an einen Tisch im Aufenthaltsraum der Etage. Gegen einen kleinen Obolus bekamen auch Gäste eine Portion. Das Essen war von überschaubarer Auswahl, aber durchaus nicht einseitig, sondern enthielt Gaben, die sonst nicht immer zum Abendbrot zu erwarten sind: Eine kleine Suppe, einen Salat und ein paar Stücke Obst zum Brot und Aufschnitt dazu. Puma aß schweigend. Er schaute nur ab und zu in Richtung anderer Insassen, und er tat es, ohne den Kopf zu drehen, nur durch Bewegung der Augen.

»Weißt du, das ist lustig«, sprang er plötzlich wieder ins Thema, »Friedrich füttert die Geister auch, aber er sagt, sie sind nicht real, und ich frage mich, warum er sich diese Mühe macht.«

Am Nebentisch stießen sie sich an und lachten.

»Im Gegensatz zu deinen Ärzten«, raunte Friedrich ihm zu, »halte ich sie durchaus für wirksame Kräfte und bin der Ansicht, man muss mit ihnen umgehen können.«

»Ja, und du meinst, ich kann nicht mit ihnen umgehen«, wurde Puma plötzlich ein wenig streitlustig und sah Friedrich länger an als nötig.

»Wären wir hier, wenn du es könntest?« erinnerte ihn Nicole daran, dass 'damit umgehen' durchaus ein kontroverser Punkt war. Friedrich runzelte die Stirn und gab ihr einen kleinen Wink, sie verstand, dass es keine so gute Idee war, sich mit Puma zu zanken.

»Ich habe dir den Unterschied erklärt, Puma«, versuchte er, das Thema abzuschließen. Puma wandte sich an Nicole.

»Er meint, ich lasse mir von ihnen auf der Nase herumtanzen«, erklärte er.

9   *Anstalt in Hamburg*

Sie schwieg. Ihr Vorstellungsvermögen kam schon lange nicht mehr nach.

Puma zog einen gefalteten Zettel aus der Bademanteltasche und reichte ihn Friedrich. »Die Party der letzten Nacht«, sagte er.

»Darf ich Nicole davon erzählen?« fragte Friedrich.

»Wer war noch mal Nicole?«

»Das war ich, erinnerst du dich nicht?«

»Doch, Kriegerherz. Und das wirst du brauchen können, wenn du Kevin verlässt.«

Nicole fiel die Gabel aus der Hand.

»Woher hast du das? Haben Sie ihm das erzählt?«

Friedrich hob abwehrend die Hände. »Kein Wort!«

»Mein Hilfsgeist sagte es mir«, erklärt Puma. »Und an seinen Namen erinnere ich mich noch von der Begegnung nach der Disko. Wundert mich, dass du es so lange mit ihm ausgehalten hast.«

Sie sah Friedrich entgeistert an.

»Er kann sowas«, sagt Friedrich ruhig, »das macht es ja so schwierig.«

DER ABSCHIED DER BEIDEN MÄNNER IST ZÄRTLICH.

»Besuchen Sie ihn oft?« fragt Nicole, als sie ins Auto steigen.

»So oft ich kann.«

»Und das mit der Trennung war kein Trick von Ihnen?«

»Dazu ist die Lage zu ernst.«

»Was hat er Ihnen gegeben?«

»Traumprotokolle. Wie meistens.«

»Darf ich das lesen?«

»Sie würden es nicht können. Ich müsste es Ihnen vorlesen und erklären.«

Er holt den Zettel heraus und enthüllt Reihen von verschlungenen Zeichen, die sie überhaupt kaum als Schrift erkennt. Hier und da sind Buchstaben auszumachen, aber schon an kurzen Wörtern scheitert sie.

»Herr... Friedrich — können wir beim Sie und Vornamen bleiben?«

»Das finde ich ausgesprochen stilvoll.«

»Hm... ich habe jetzt nicht genug Zeit dafür, ich muss noch was Wichtiges erledigen...«

— mit meinem Freund Schluss machen —

»... aber ich würde mich sehr gern ungestört damit befassen.«

»Wie sieht es mit morgen aus?«

Ihr Zögern ist künstlich. »Ja — geht.«

Am folgenden Nachmittag war sie wieder im Kaffeehaus.

Zeitig.

»Ich habe die Geheimzeichen in Klartext übersetzt«, sagte er und zog einen Zettel hervor.

»Schade«, entgegnete sie, »ich hätte mir gern das Original genauer angesehen.«

»Ja, wenn ich das gewusst hätte...«

Nicole kam der Verdacht, er zeige die Handschrift seines Freundes nicht allzu gern vor. Zu verschachtelt, zu geheimnisvoll, verräterisch für den Graphologen, der Pathologisches darin sehen könnte.

»Sie kamen wieder in Gestalt hängender Bademäntel, ihr Lieblingstrick«, so begann das Protokoll.

Übrigens hatte er das Original sehr wohl dabei, nämlich abfotografiert im Handy. Und er ließ Nicole Einblick nehmen, vielleicht konnte sie das ja lesen. Konnte sie aber nicht.

Er übersetzte weiter.

»Frieke, du hast gesagt, sie seien mein eigenes Bewusstsein, aber wie können sie dann Dinge sagen, die ich nicht weiß? Wie können sie mir Wissen bringen und mir Anweisungen geben? Sie haben mir gesagt, dass du eine Frau mitbringen wirst. Ich habe nachgedacht, wen. Ich kenne alle, die du kennst, und mag keine davon. Ich habe mir gewünscht, Nicole zu sehen, ich wusste, sie wird im Steinkreis sitzen, du wirst sie mitbringen...«

Nicole entfuhr ein Laut des Erstaunens, fast des Schocks.

»Ach, sowas macht er öfter. Und darum kann man ihm auch nicht einreden, dass er auf der falschen Spur sei.«

»Frieke?«

»So nennt er mich. Eine Kreuzung aus Freak und Friederike.«

»Ah — ja.«

»Es geht noch weiter: 'Du hast gesagt, sie tanzen mir auf der Nase herum, aber es hat keinen Sinn, wenn ich versuche, ihnen zu befehlen, sie lachen drüber. ' — Er glaubt, ich würde da Substanz verlieren«, erklärte Friedrich, »aber ich habe gelernt, mich gegen solchen Energieverlust zu wappnen. «

»Und wie geht das?« fragte Nicole.

Ihr Interesse war teilweise geheuchelt, und sie sah an seinem Blick, dass er sie durchschaute.

Trotzdem schien er bereit, es ihr zu erklären.

»Es ist sehr einfach«, fuhr er unbeirrt fort, »es ist die Kunst des Gebens. Viele glauben, sie würden sich erschöpfen, wenn sie heilen. Aber das ist nicht möglich. Nicht, wenn Sie in dem Moment, wo sie heilen, ohne Zorn, ohne Furcht und ohne Verlangen sind. Es strömt immer genug Energie nach.«

ALS SIE EIN PAAR TAGE SPÄTER IHREN FREUND BESUCHTEN, SORTIERTE ER SEINE MALSACHEN.

»Könntet ihr mir noch ein paar Dinge besorgen? Mein Bestand ist lückenhaft, leider auch mein Konto. Hättet ihr solche Sachen vielleicht zu Hause liegen? Malkasten, Buntstifte, Pinsel, Papier?«

Er zeigt ihnen, was er bisher gemacht hat.

»Wir werden hier angeleitet. Wir sollen malen, was uns auf der Seele liegt. Oder grade in den Sinn kommt.« Er glättet einige aufgerollte Bögen, die er aus einer Papphülse gezogen hat. Es sind schematische Tiere, deren Rippen und Innereien man erkennen kann. Die Farben sind eine begrenzte Palette von rotem und gelbem Ocker, Schwarz, Weiß, Schiefergrau, mattem Grün und Aubergine. Teils überschneiden sich die Konturen und schaffen so einen Eindruck von Durchsichtigkeit.

Dann zieht er noch ein größeres, auf Karton gemaltes Bild aus einer Lade, das zu spiegeln und zu glitzern scheint, oh ja, das sind Stücke von silbern kaschiertem Karton, die er eingeklebt hat. Sie geben den Augen der Tiere ein unerwartetes Aufleuchten oder verleihen einigen eine panzerartige Oberfläche. Da ist ein Reptil, das scheint wie ein Juwel in einer Umgebung von Wüstensand zu sitzen. Doch nichts versucht, Realität zu imitieren, sondern er hat eigene Wesen in einer eigenen Bildsprache geschaffen.

»Hey, das ist großartig.«

Er lächelt schwach. Sie schauen zu Friedrich, der lächelt, indem er sie beide beobachtet.

»Hast du das mal ausgestellt?« fragt Nicole.

»So Ähnliches... früher mal.«

»Und verkauft?«

Er nickt, als sei das nichts Besonderes und schon gar nicht Rühmliches.

»Er gibt sie nicht gern her«, bemerkt Friedrich.

»Darf ich sie fotografieren?«

»Nur zu. Aber nicht hier in der Sonne, die Blitzer verderben dir die Aufnahme.«

»Sie sind nahezu unfotografierbar«, teilt Friedrich seine Erfahrung. Das merkt Nicole nun auch. Ihre Handykamera dramatisiert die Lichtstrahlen aus den spiegelnden Teilen und steigert sie zu nahezu greifbaren Bündeln von Helligkeit.

»Und du verkaufst sie wirklich nicht?«

»Gelegentlich verschenke ich eins«, sagt er und schiebt ein kleineres zu ihr hinüber. Sie bewundert es, mehr gerührt von seinem Geschenk, als dass sie es versteht. Aber es spricht sie an durch seine Rätselhaftigkeit, und sie weiß, sie wird es genießen, es nach und nach zu entschlüsseln.

Sie bittet Puma, das Bild noch eine Weile zu behalten. Sie sei dabei umzuziehen, erklärt sie, und da sei es in seiner Obhut sicherer.

»Könnte es sein, dass auch du in meiner Obhut sicherer wärst? Oder in der von Friedrich?«

Sie schaut sie stumm an.

Es stimmt, dass sie ihren Freund fürchtet, wenn sie sich trennen wird!

Denn für diesen Fall hat er schon bedrohliche Andeutungen gemacht. Aber das hat sie sicher nicht erwähnt.

Nicole hatte sich entschlossen, Kevin reinen Wein einzuschenken. Friedrich setzte sie vor seiner Wohnung ab, und Kevin sah das. Nicht die formelle Verabschiedung, der Händedruck, der doch viel verriet, fiel ihm auf, sondern nur die Tatsache, dass ein anderer Mann sie hierher brachte, und kaum, dass sie eintrat, wurde sie mit Verdächtigungen überhäuft. Sie kamen erst appellierend und mit dem Unterton, es sei doch noch was zu retten.

Sie reagierte cool, er mache es ihr leicht, und sie legte den Wohnungsschlüssel auf den Küchentresen, öffnete — um dem Schlimmsten vorzubeugen, das er tun könnte —, leise die Terrassentür im Wohnzimmer, suchte die letzten Habseligkeiten, die sie noch hier hatte, zusammen, stopfte sie in einen Kissenbezug, schwang sich den über die Schulter und verschwand durch die Terrassentür.

Während sie das tat, hörte sie am Klappern des Schlüssels, dass er die Wohnungstür abschloss, und er trat auf der Suche nach ihr just in das Wohnzimmer, als sie durch den Gartenhof verschwand. Sie hörte ihn wütend nach ihr rufen — jetzt wurden die Bezeichnungen unflätig —, als sie durch die Einfahrt verschwand und mit flottem Schritt die Straße erreichte.

Friedrich hatte gewartet. Sie stieg ein.

Kevin kam just durch die Einfahrt gelaufen, als Friedrich das Fahrzeug in Bewegung setzte. Der Verfolger zog sein Handy, tippte etwas ein, es mochte Friedrichs Kennzeichen sein.

Dumme Aktion. Sie lachte.

»Sie müssen damit rechnen, dass er Sie stalken wird«, vermutete Friedrich, ohne den Blick von der Straße zu wenden, »könnte er uns folgen?«

»Schwerlich. Es dauert zu lange, bis er seinen Wagen aus der Tiefgarage geholt hat.«

»Dann war es keine schlechte Idee, dass ich heute einen Mietwagen genommen habe«, schmunzelte er.

Sie bewunderte seine Voraussicht.

»Blockieren Sie ihn auch gleich in den sozialen Netzwerken«, riet er ihr.

Friedrich fährt sie zu ihrem Auto, das noch immer in einer Nebenstraße unweit von Kevins Wohnung steht; das hat Kevin noch nicht entdeckt, wohl auch nicht gesucht, sonst wäre da bestimmt ein Zettel hinter dem Scheibenwischer oder eine Nachricht, vielleicht gar eine Drohung, mit ihrem in seinem Bad vergessenen Lippenstift geschrieben.

Als sie in Friedrichs Wohnung ankamen, entdeckte sie Dutzende von Pumas Werken.

Friedrich hatte vorgeschlagen, dass sie sich erst einmal bei einem Tee von der unangenehmen Begegnung erholen könne, bevor sie zu Puma weiterfuhren. Ihr wurde bei diesem Besuch klar, dass Puma auch hier wohnte.

Es war das richtige Ambiente für seine Kunst, offensichtlich hatte er seit einigen Monaten ein eigenes Zimmer. Friedrichs Sammlungen von Büchern und Kleinskulpturen hatten leise grummelnd ein wenig Platz für den Mitbewohner eingeräumt.

»Er malt meist mit Ölfarben, aber das geht in der Klinik nicht«, erklärte Friedrich den Mangel, den der Künstler gerade litt. »Ich habe ihm einen günstigen Aquarellkasten besorgt, den möchte ich ihm heute bringen, und dann will ich noch etwas in den Wald, es ist sehr warm für Oktober, haben Sie Lust mitzukommen?«

»Ich bin ein bisschen müde, aber doch, gern.«

»Wo wohnen Sie denn nun, da mit dem jungen Herrn Schluss ist?«

»Ich habe eine eigene Wohnung.«

»Da sind Sie aber zur Zeit nicht sicher.«

Das hatte sie sich auch schon überlegt.

Zu den Eltern? Im schlimmsten Fall vielleicht... Aber sonst? Ihre Freunde waren auch seine Freunde geworden, er kannte die Orte, wo sie hätte sein können.

»Sie sind ein Flüchtling«, stellte er fest.

»Aber ein befreiendes Gefühl ist es schon«, versuchte sie, es positiv zu sehen.

»Es kann ja noch dauern, bis unser Puma aus der Klinik entlassen wird«, setzte Friedrich zu einem Angebot an, »und auch dann ist vielleicht genug Platz. Wo zwei wohnen, können es auch drei aushalten — provisorisch —«

»Das ist sehr nett, aber ich kann euch — Sie — doch nicht so stören...«

In ihrem Kopf jubilierte ein Stimmchen: »Hippie-WG mit zwei alten Freaks! Schwul obendrein! Wie geil ist das denn? Das wird ein Spaß!«

Dann war da noch ein Stimmchen, das sagte, »Nicole, das kannst du nicht machen, du kennst sie kaum, sie müssen deinetwegen ihr Leben auf den Kopf stellen, dabei haben sie wahrscheinlich schon Probleme.«

Tatsächlich hatten sie nur solche, die Nicole lösen konnte.

Eine konspirative Aktion galt der Sicherstellung einiger Dinge, Kleidung, Laptop und wichtigste Unterlagen, die aus ihrer Wohnung zu holen waren, nachdem sie sich per telefonischem Stimmtest vergewissert hatte, dass Kevin an seinem Arbeitsplatz war. Gepriesen sei das Festnetz. Und so gab es dann einen kleinen Umzug, von dem auch Mama und Papa erfuhren, allerdings nicht unter Nennung einer Adresse. Kevin hatte sich natürlich schon erdreistet, sich bei ihnen zu melden, und sie mit der Frage, wo Nicole sei, in mittlere Panik versetzt.

Sie suchten einen anderen Wald auf als den mit ihrem Steinkreis. Er lag in der Nähe der Klinik und war ein wenig einsamer und ursprünglicher als der ihr vertraute Ort. An diesem Wochenende will Puma probeweise daheim übernachten.

Seine Reaktion auf die Nachricht von Nicoles Trennung war neutral. Er wirkte auch nicht überrascht.

Wo sie nun bleiben würde, das interessierte ihn am meisten.

»Friedrich hat mir angeboten, zu euch zu kommen — wenn dir das auch recht ist...«

Puma strahlte.

Friedrich hatte Decken dabei, die er nun auspackte.

»Ihr könnt schön hier im Schatten sitzen«, schlug er vor, »ich ziehe mich zu einem Ritual da nach drüben an den Waldrand zurück.«

»Er glaubt, er kann die Geister regieren«, wispert Puma ihr zu.

Sie linst durch gelbes Gras zu Friedrich hin. Er hat ein paar Dinge um sich angeordnet und packt andere aus, die in bunte Tücher eingehüllt sind. Sie sieht eine Trommel mit grünen Fellen und eine Messingglocke.

Ein Instrument gibt einen jammervollen Ton von sich, der sie an ein Schofar erinnert. Es muss wohl die Knochentrompete sein. Dann beginnt er die Trommel zu schlagen, indem er sie mit einer Hand um eine senkrechte Achse dreht, so dass die an Bändern befestigten Klöppel gleichmäßig im Takt seines Gesangs auf die Felle treffen.

Puma schließt die Augen und sitzt sehr ruhig aufrecht. Sein Gesicht entspannt sich, und ja, er erinnert sie jetzt an den jungen Mann, der in seiner Geißblattlaube glücklich war. Sie streckt sich aus und schließt die Augen ebenfalls. Monoton und manchmal vom Wind fortgeweht, klingt die Musik über mehr als hundert Meter zu ihnen herüber. Mehr als eine halbe Stunde dauert seine Zeremonie.

Plötzlich bricht der Gesang mit einem weiteren schnellen, lauten Klang der Trommel ab. Nicole schielt zu ihm hin, er hebt die Hände schulterhoch, kreuzt die Arme, schnippt mit den Fingern und macht eine Bewegung, als würfe er etwas in den Raum um sich. Dann ist nichts mehr zu hören. Er bewegt eine Kette aus runden Perlen in der linken Hand.

Schließlich wickelt er die Instrumente wieder in rote und gelbe Stoffe und legt sie in die Tasche, erhebt sich steifbeinig, schultert die Tasche und kommt zu den anderen herüber, setzt die Tasche ab und lässt sich auf die Decke nieder. Auch er wirkt nun entspannt und zufrieden.

»Wie fühlen Sie sich?« fragt er Nicole

Nun regt sich der Puma.

»Fall nicht drauf herein«, sagt er unvermittelt, »er hält sich für einen Schamanen.«

Friedrich verzieht sein Gesicht.

»Aber ich weiß, was er da gemacht hat, ich kenne seine Tricks schon länger. Er ernährt das Kleine Volk, aber er nimmt sie nicht ernst.«

»Stimmt, du nimmst sie ernst, und das hast du jetzt davon.«

»Friedrich, sie sind mächtig, ich bin dem Herrn der Messer begegnet, mit dem ist nicht zu spaßen. Mir wäre lieber, du würdest dich an die Gesetze der Geisterwelt halten und nicht an die Kochrezepte eines liebenswerten Baikal-Anrainers.«

»Es ist alles...«

»... ja, ja, ich weiß, der eigene Geist«, unterbricht ihn Puma und macht eine Kussgeste.

Aber nun erzählt ihr Puma von seinen Erfahrungen. Und sie spürte etwas Unheimliches, obwohl Puma sagte, er hätte in dieser Situation keine Angst gehabt.

»Er war zu weit weg, um Angst zu haben«, erklärt Friedrich.

Puma nickt stumm. Ja, die beiden Welten sind so weit von einander entfernt, dass es ihm kaum gelinge, aus der einen in die andere hinüberzuwechseln.

»Aber es sind doch nur deine Träume«, wandte Nicole ein.

»Mein Hilfsgeist hat mir gedroht, wenn ich nicht in sieben Jahren die Ausbildung vollenden würde, würde er mich in die Psychiatrie bringen.«

»Er hat Wort gehalten«, bemerkte Friedrich, »die Welten sind nicht so getrennt, wie wir gerne glauben.«

»Und wie können wir es schaffen, dass du da rauskommst?« grübelte Nicole.

»Der Punkt ist nicht, ob er aus der Psychiatrie rauskommt, sondern ob er aus dem Griff der Geisterwelt rauskommt«, erklärt Friedrich.

»Aber bitte — sind Sie denn nicht auch drin?«

»Der kleine Unterschied ist: Die Geister haben den Puma im Griff, aber ich habe umgekehrt die Geister im Griff.«

Puma machte einen empörten Prustlaut.

»Forderst du den Herrn der Messer heraus?« sagte Puma plötzlich böse.

Und mit einem Grinsen wandte er sich zu Nicole und sagte mit einer fremden Stimme: »Er glaubt, ich sei besessen.«

Jetzt verstand sie, was damit gemeint war, er hätte seine Mitpatienten bedroht. Da war etwas, und das war nichts Gutes.

»ER LÄSST MICH NICHT IN RUHE«, KLAGT PUMA.

Am Morgen hat sein Nachdenken Friedrich geweckt. Puma lag ganz still und hat versucht, ihn nicht zu stören, aber mit Schlaf war's vorbei, denn er hatte wieder einen dieser Träume gehabt, die man nicht Träume nennen kann, denn wenn du so bewusst bist, dass du weißt, du schläfst, so bewusst, dass du sagen kannst, nein, dies ist kein Traum, sondern etwas anderes, eine Erfahrung — dann kannst du das auch unterscheiden.

Aber du weißt auch, dass du nicht wach bist, denn dann würdest du nicht einen Fuß über dem Bett schweben und würdest dich nicht überschlagen, wenn du versuchst, den Raum zu durchqueren. Manche nennen es 'luzides Träumen', aber Puma nennt es 'im Netz hängen', und er mag es nicht, denn bisweilen geht es in einen Zustand über, in dem er sich nicht bewegen kann, obwohl er seinen Verstand kontrolliert. Dann hilft nur heftiges Bewegen der Zehen, damit der Kokon von ihm abfällt.

Manchmal fühlen sich die Hände an, als wären sie dreimal so groß und so dick, als seien sie unaufhaltsam geschwollen, und wenn er sie öffnet und schließt, vergeht das, aber wenn er dann wieder Ruhe sucht, kommt es wieder.

Das sind die Momente, wo er in Versuchung ist, Friedrich zu wecken und sich von ihm in die Arme nehmen zu lassen, so dass er seinem Tastsinn zu tun gibt, ihm die Luft aus den Gliedern drückt, ihn beschützt.

Friedrich wird — wie auch heute — meistens einzig von Pumas überaktiver Gehirntätigkeit wach.

Er hat wohl einen Sensor für das Funkeln neben sich.

»Was will er denn jetzt von dir?« fragt er.

Damit ist natürlich der Besucher gemeint, der Puma zusetzt, obwohl Friedrich vor dem Schlafengehen das Ritual vollzogen hat. Die Geister müssten jetzt satt und zufrieden sein, und nicht, dass man sie durch Aushungern vertreiben kann, wie eine selbsternannte Schamanin vorschlug, die in einem Souterrain im Studentenviertel einen kleinen Laden besitzt, in dem alles zu haben ist, was die Motten und den Rost anzieht, und in dem sie auch ihre Trommel und Ratschläge anbietet.

»Er will, dass ich mich ihm ausschließlich widme. Wie immer«, seufzt Puma.

»Ja, ja. Damit du keine zweite Meinung einholst«, folgert Friedrich.

»War 'ne schöne Zeit, als ich nur ihm gehört habe«, provoziert Puma ein wenig.

»Klar doch, er zuckert dich an dafür. Mag nicht, dass du dich emanzipierst.«

»Tu ich das denn?«

»Ich denke schon, du tust nicht mehr alles, was er will, aber du gibst ihm, was er braucht.«

»Bei weitem nicht! Er überschüttet mich mit Vorwürfen.«

»Moment, ich sagte nicht, du gibst ihm, was er will, sondern was er braucht. Und das sollten eigentlich wir bestimmen.«

Sie schwiegen eine Weile.

10 Innenhof in Eppendorf

»Es kostet dich Kraft, Frieke, ist doch so?«

Friedrich lächelt. »Nicht so schlimm. Es kostet mehr Kraft, ihm keinen Widerstand zu bieten.«

»Kann ich im Moment nicht so sehen.«

»Das ist ja logisch.«

»Aber wieso funktioniert das überhaupt? Wieso tut er dir nichts?«

»Das ist doch einfach. Indem ich schenke, ist er in meiner Schuld und muss meine Regeln akzeptieren.«

»Haha, richtig, am Schluss müssen die Geister sich ja auch noch diese Predigt anhören, dass sie das Gute tun und das Üble fliehen sollen und dass du der Heiland bist, der sie aus ihrer höllischen Sphäre erlösen kann...«

Puma kicherte vor sich hin.

»Und? Ist das so verkehrt? Bist du gar nicht müde? Denkst du, du kannst jetzt noch ein bisschen schlafen?«

»Soll ich? Die Amsel hat schon angefangen...«

»Unsinn, wir haben Herbst. Also, halt den Schnabel, ich brauche noch ein paar Stunden.«

SIE HAT SCHLECHT GESCHLAFEN.

Und das lag durchaus nicht an der Unterbringung. Sie hat das Zimmer für sich, in dem sonst Puma wohnt. Puma und Friedrich schlafen im Schlafzimmer. Puma und Friedrich sind ein Paar.

Nicole fragt sich, ob dieses Geplänkel, das sie am Abend hatten, nicht einmal zum Bruch ihrer Beziehung führen könnte.

Sie hört sie noch leise diskutieren, als sie zwischendurch über den Korridor zum Bad schleicht.

»Ich sehe es dir doch schon am Gang an, wenn er dich in den Klauen hat«, sagt Friedrich, spricht er leise, aber doch beschwörend. Sie will nicht lauschen, beeilt sich also, wieder ins Zimmer zu kommen, in dem sie zu schlafen versucht.

Just, als sie die Tür schließen will, kommt noch ein Satz zu ihr durch, weil relativ laut, und sofort danach dämpft Friedrich seine Stimme wieder: »Du machst nur einen Kuhhandel mit ihnen!«

Sie schlüpft ins Bett und weist die Gedanken von sich weg. Und endlich gelingt das und bleibt nur eine vage Erinnerung an etwas Ungreifbares, als sie wieder wach wird.

Es ist eine schöne Wohnung, gelegen in einem Jugendstilhaus von großbürgerlichem Zuschnitt. Die Stimmen der Männer sind leise aus der Küche zu hören. Nicole schlüpft in ihren Morgenmantel und trifft die anderen beim Kaffeemachen an. Und wieder waren sie in Diskussionen verwickelt, die sie bei Nicoles Eintreten abbrechen. Heute sieht Puma anders aus. Sie erinnert sich nun an ihn, wie jung er war, als sie sich begegneten.

Das Leben ist zurück in seinen Augen. Er hat ein paar Tage lang keine Tabletten genommen.

Nicole setzt sich an den Küchentisch. Der Blick geht auf einen Hinterhof mit großen Ahornbäumen, deren Laub sich just rot und gelb zu färben beginnt, mit Beeten vertrockneter Rosen, Eisenhut und Astern. Es ist still, viele Bewohner schlafen noch, so scheint es, und der Tag verspricht schön zu werden.

Puma setzt sich ihr direkt gegenüber.

»Ich bin nicht mehr auf Tabletten«, grinst er, und sie findet ihn wieder ein wenig unheimlich, »jetzt könnte alles Mögliche passieren...«

»Er spielt«, erklärt Friedrich, »wenn er Besuch hat, und das meint nicht Sie, dann macht es ihm Spaß, Leute zu verwirren, und umso mehr, je netter er sie findet.«

»Aber man darf die Medikamente doch nicht einfach so absetzen...«

»Ich kann's nicht verhindern.«

Friedrich zuckt mit den Schultern, »ich rede schon gar nicht mehr. Wenn sein 'Besuch' kommt, hört er auf nichts.«

Es wäre so leicht, so leicht, etwas Lustiges zu sagen, etwas, das die Situation ironisiert, etwas, was ihr erlaubt, Distanz zu schaffen. Aber sie schaut ihn an und weiß: Es ist da. Das feindselige und zynische 'Ding', das von ihm Besitz ergreift, wenn es kann. Und es wurde ihr klar, warum er bereit war, Psychopharmaka zu nehmen: Es war Rücksicht auf die Mitmenschen. Nicht nur eigener Leidensdruck.

»Was kann denn schlimmstenfalls passieren, wenn du keine mehr nimmst?« fragte sie mutig.

»Die Leute haben Angst vor ihm«, sagte Friedrich, während Puma mit aufgerissenen Augen da saß und schwieg, »er ist ihnen einfach unheimlich, er tut... hat bisher niemandem wirklich was getan, aber sie finden ihn bedrohlich, und ja, verbal hat er auch schon Leute bedroht. Und für die meisten Hüter des Wohlverhaltens reicht das schon.«

Nicole musste lachen. Ja, das war wohl eine Folge der sozialen Netzwerke, dass die Drohung soviel galt wie die Tat. Aber sie musste an Kevin denken, denn jeder Stalker hatte mit verbalen Avancen angefangen, und dann kamen Drohungen.

Puma hatte zu skizzieren begonnen und sich mit einem großen Block und Buntstiften ins Wohnzimmer verzogen.

»Was ist eigentlich der Grund, dass Sie immer diskutieren? Sie gehen doch beide mit Geistern um — also, Sie glauben ja anscheinend auch, dass es sie gibt?«

»Ich bin der Ansicht, dass sie zum allergrößten Teil aus dem eigenen Geist manifestiert werden... also heraustreten und sich zeigen...«

»Ja, da bin ich bei Ihnen, und das würde doch auch mit der Ansicht seiner Ärzte konform gehen, aber trotzdem machen Sie solche Rituale... Dann müssen Sie doch irgendwie an sie glauben?«

»Schwierig. Es könnte was geben, was außerhalb von uns tätig ist. Aber ich gehe vorsichtshalber nicht davon aus. Sondern davon, dass alles aus uns selber kommt.«

»Aber warum dann Rituale?« beharrte sie.

»Um mit dem umzugehen, was es nicht gibt«, lächelte er, »es ist ja was da, was wirkt. Wirklichkeit ist, was wirkt, nicht was ist, denn sonst würde sie Istlichkeit heißen. Da ist was, und Sie sehen es ja sogar an seiner Körperhaltung! Ist das nun sein eigener dämonischer Anteil, den er wachgerufen hat? Das passiert vor allem durch Drogen, da hat er ja auch schon einige Experimente hinter sich. Oder meldet sich da wirklich etwas von außerhalb? Ich habe da keine befriedigende Antwort gefunden, aber genug, das mich zum Handeln veranlasst. Denn er und ich gehen doch von ziemlich verschiedenen Ideen aus. Er glaubt, er müsse diesen Geistern gehorchen, sie würden sonst sein Leben angreifen, und schließlich haben sie ja schon mehrmals von ihm Besitz ergriffen und ihn neu zusammengesetzt. Das waren diese Visionen. Ich hingegen bin der Ansicht, wir dürfen uns nicht von den Dämonen regieren lassen, denn sie nehmen die ganze Hand für den kleinen Finger. Ich glaube, er ist eben deshalb in Gefahr, weil er ihnen gehorcht. Denn sie lügen. Sie sind nicht an seinem Wohlergehen interessiert.«

»Aber Sie opfern ihnen doch auch und singen Rituale.«

»Das Ritual ist ein Selbstopfer. Es geht so, dass ich meinen Körper verlasse. Ich springe hinaus, und mein Bewusstsein hat dann die Form einer Wolkengängerin, einer Art Fee. Und in dieser Form koche ich und verwandle meinen Körper, den ich zurückgelassen habe, in eine reine Nahrung und befriedige den unstillbaren Hunger der Dämonen. So sind sie mir zu Dank verpflichtet...«

»Ach, und so haben Sie dann die Macht...«

»Richtig. Die Schamanen anderer... Schulen — sag ich mal — opfern Tiere. Ein Huhn. Ein Lamm.«

»Ja, wäre das für Sie auch eine Option?«

»Nein! Keineswegs. Ich habe gelobt, kein Leben zu nehmen. Sondern ich gebe meinen eigenen Körper her, und damit bin ich frei.«

Oh! Nicole verstand plötzlich, was es mit Tieropfern auf sich hatte: »Und wenn der Schamane ein Tier für den Dämon opfert, dann wird er ja quasi ein Komplize des Dämons!...«

»Völlig richtig.« Friedrichs Augen leuchteten, und Nicole spürte seine Begeisterung darüber, dass er sie verstand.

Etwas musste sie ihn aber noch fragen. Er sah ihr an, dass sie zögerte. »Na, was ist? Raus damit!« stupste er sie an.

»Ich habe gelesen, dass Schamanismus eine Art psychische Krankheit ist«, begann sie.

Er nickte. »Es mag manchmal so aussehen. Und es scheint ja, als wenn es bei unserem Freund auch so wäre. Aber Sie wissen doch, er ist krank, weil er *nicht* Schamane werden wollte. Die Berufung ist Teil der Heilung, nicht Teil der Erkrankung.«

»So habe ich das noch nie gesehen...«

Nicole wusste jetzt, dass alles gut werden würde.

»Ich möchte irgendwie alles darüber wissen«, bekennt sie.

»Gut. Ich zeige Ihnen was. Wahrscheinlich wird er heute Nacht Besuch bekommen. Wollen Sie es sehen?«

Ein kalter Schauer überlief sie.

»Friedrich, wie hältst du das aus?« flüsterte sie, aber bevor er antworten konnte, setzte sie hinzu: »Ich weiß, wie. Du liebst ihn.«

»ER HAT BESUCH«, FLÜSTERT FRIEDRICH.

Es war noch dunkel, aber ein Wintervogel, ein Nachtsänger sang im Hof: Ein Rotkehlchen. Als Nicole eine Hand auf ihrer fühlte, wurde sie sofort klar. Sie hatte nur leicht geschlafen und gewusst, dass er sie wecken würde. Er machte eine Geste, sie solle sehr leise sein. Sie warf sich einen Morgenmantel über und folgte Friedrich ins gemeinsame Schlafzimmer.

Puma lag nackt auf dem Bett, die Decke hatte er abgeworfen. Er war steif, und einen Moment wollte Nicole beidrehen — bei so viel Intimität. Aber Friedrich zeigte, sie solle schauen.

Puma drehte den Kopf langsam hin und her, dann öffnete er den Mund wie zum Kuss. Und als Nicole aufmerksam hinsah, schien ihr wirklich, er werde geküsst, als bewege nicht er seine Zunge, sondern sie würde von einer anderen, nicht sichtbaren, bewegt. Er stöhnte leise und wiegte die Hüften. Sein Schwanz machte kleine Bewegungen im gleichen Takt, und es schien, als würde er von einer unsichtbaren Hand stimuliert. Ganz langsam zog er ein Bein hoch, das Knie zur Brust, dann das andere, er schien sie an überkreuzten Knöcheln auf einen anderen Körper zu stützen. Es sah wirklich aus, als nähme er etwas in sich auf, seine Bewegungen wurden schneller, ein Wunder, wie er es schaffte, die Beine so in der Luft zu halten, als lägen sie auf dem Rücken eines anderen, da doch nichts sie dort hielt. Er stöhnte immer lauter, bewegte sich schneller, beide Hände unter seinem Nacken. Sie wollte fliehen.

'Er hat Geister-Sex.'

Sie erstarrte. Sie versuchte, seine Augen zu sehen. Sie waren fest geschlossen, aber ob er nun wirklich schlief oder wach war oder halbwach, das hätte sie nicht sagen können. Sein Stöhnen wurde scheinbar qualvoll, aber es war der Höhepunkt, der sich näherte, und ohne dass er sein eigenes Geschlecht berührte, kam er zum Ziel; mit kräftigen Stößen spritzte er ab.

Während der tiefen Atemzüge, die sein Erwachen ankündigten, zog Friedrich Nicole wieder aus dem Raum. Sie folgte ihm in die Küche.

Er schloss die Tür und entzündete eine Kerze.

»Jetzt weißt du es«, sagte er.

»Und wenn er Tabletten nimmt?«

»Bleibt das aus. Aber dann kann er keinen Sex haben, dann ist er unglücklich.«

»Und jetzt bist du unglücklich.«

Friedrich schwieg eine Weile, stützte sich auf seine Fäuste und atmete tief. »Wenn ich denken würde, dass es wirklich ein anderes Wesen ist, das da mit ihm schläft, dann wäre ich unglücklich, ja.«

11   Wohnhäuser in Eimsbüttel

ES IST MONTAG, NICOLE MUSS ZUR ARBEIT GEHEN.

»Ich such mir so bald wie möglich eine neue Bleibe«, verspricht sie Friedrich, als ihre Wege sich trennen.

»Du musst dich nicht beeilen, wir haben dich gern bei uns«, antwortet er, »ein Umzug würde deinen Ex schon gleich auf eine neue Spur setzen. Mach mir die Steuererklärung, das reicht als Miete. Deal?«

Sie schlägt ein.

Von da begibt sie sich in die Steuerberater- und Anwaltskanzlei, wo sie arbeitet, und da gibt es eine Tiefgarage mit Zugang per Chipkarte.

Im Büro fühlt sie sich sicher. Wer nicht vorgelassen werden soll, der wird am Empfang abgewiesen. Es gibt da eine Glastür zum Bürotrakt, die nur per Kennziffer vom Empfangspult geöffnet wird. Vorausgegangen waren schlechte Erfahrungen mit einem großen Kunden, Inhaber einer Restaurantkette, der vermutete, die Kanzlei hätte mit der Steuerfahndung kooperiert — sie hatte nicht —, und das war der Grund, warum man einer zweiten Zerlegung des Büros vorbeugte.

Es fand sich auch eine Kollegin, die bereit war, für ein paar Tage die Fahrzeuge zu tauschen. Sie machte einen guten Tausch damit, und Nicole fühlte sich sicherer.

Als sie in ihr neues Zuhause einkehrte, relativ spät für einen normalen Arbeitstag, duftete es nach Essen, Puma marschierte mit Schürze und einer großen Platte halbmondförmiger Pasteten zum Esstisch, der vor der großen Balkontür des Wohnzimmers zur Straße hin stand.

»Piroschkí«, kündigte Friedrich an, »dazu eine Suppe, geschmorte Rote Bete mit Schmand und die heißt...« — Es folgte eine Sammlung von Zisch-Konsonanten, die ein Drittel des kyrillischen Alphabets enthielt.

'Bin ich hier im Paradies gelandet?' fragte sie sich. Und Puma küsste das Fäustchen seines überraschten Partners.

»Woher so viel gute Laune?« fragte sie und versuchte, sich einen anerkennenden Ton zu geben.

»Er hat gemalt wie ein Wahnsinniger«, erklärte Friedrich. Und das Ergebnis steht in deinem Zimmer und stinkt.«

»Ja, richtig, ich okkupiere ja dein Atelier«, gab sie zu, »und Ölfarben stinken doch nicht, sie duften.«

»Wenn du im Terpentindunst schlafen willst...«

»Wie wär's denn mit Acrylfarben?«

»Keine Option«, knurrte Puma, »die sind in fünf Minuten trocken, aber ich brauche Farben, die einige Stunden bis Tage offen bleiben, bis ich am Ziel bin.«

Er malte immer in Runden, wie die Besichtigung zeigte.

Ein Bild nach dem anderen kam auf die Staffelei und wieder runter und musste an die Wand oder an Möbel gelehnt warten, bis es dran war. So waren etwa 6 bis 8 Leinwände in Rotation.

Ein Künstler muss so arbeiten, wie er arbeiten muss, das war Nicole klar. Und tatsächlich schwebte im Raum der Geist der Lärchen, destilliert und flüchtig, und vermählte sich mit dem Aroma des Leinöls. Hier war ein Djin tätig, kein Zweifel. Und was sie sah, war grandios. Es war, als hätte er kaum nachkommen können mit dem, was ihm ins Ohr gesagt wurde. Was ein Genius ihm ins Ohr sagte. Ihr schien, als seien seine Bilder 30.000 Jahre alt oder auch in der Zukunft gemalt.

»Verkaufst du mir eins davon?« fragte sie.

»Nein«, war die Antwort.

Sie sah ihn an, um herauszufinden, wie er das meinte.

»Ja, würde ich gern, tut mir leid, aber meine Galerie hat schon alle angekauft.«

Und als Beleg zeigte er ihr den Vertrag mit seiner Galerie »Jewgeni Artian«.

»Ich konnte ihn leider nicht davon abhalten, in deinem Zimmer mit seinem Parfüm herumzupanschen«, bemerkte Friedrich bedauernd, »würdest du denn heute mit dem Wohnzimmersofa Vorlieb nehmen, das ist ausziehbar...«

'Ich denke, es reicht, wenn die Bilder ausziehen', dachte sie, aber das war keine Option, frische Ölgemälde und silbergrauer Teppichboden... Nein, auch das Wohnzimmer ist ein schöner Schlafplatz. Sie ist voll Dankbarkeit.

Zwischen dem Wohnzimmer und dem Schlafzimmer schien eine dünne Wand zu liegen, sie hörte Friedrichs Stimme, wenn auch leise; aber es war kein Gespräch, Puma antwortete nicht. Sondern Friedrich rezitierte Verse. Anscheinend waren es die gleichen wie bei dem Ritual im Wald, nur ohne die Musikinstrumente.

Und während sie noch darüber nachdachte, ob sie bei dieser Geräuschkulisse würde schlafen können, tat sie es schon.

NICOLE FÜHLTE SICH IN DER TIEFGARAGE SICHER.

Kevin würde hier keinen Eintritt finden, weil man nur mit Chipkarte Einfahrt bekam, darauf verließ sie sich. Was für ein Denkfehler! Wenn sich das Tor hob, konnte ein Fußgänger rotzfrech hereinspazieren. Und das tat er. Da stand er dann hinter ihr, als sie den Knopf am Lift drückte.

»Einen wunderschönen guten Morgen, Schlampe«, war sein Text.

Sie fuhr herum.

Er stand schon vor ihr, stützte beide Arme rechts und links von ihr auf und kam ihr viel zu nah. Der Lift fuhr ohne sie.

»Du bist ja telefonisch so gar nicht mehr erreichbar. Und auch sonst nicht mehr. Status in 'talk2me' auf Single gesetzt. Lügnerin!« fauchte er sie aus nächster Nähe an.

Schockstarre lag auf ihr.

»Du hast ja jemanden! Hab dich im Auto gesehen.«

»Ich habe niemanden! Das sind Freunde!« versicherte sie mit schwacher Stimme.

»Erzähl mir nichts, du Nutte.«

Er langte aus, als wollte er ihr eine knallen, sie zuckte weg.

»Das war ja wohl offensichtlich, dass jemand dich retten musste. Ist es der Graubart?«

»Nein, der Graubart ist meiner«, sagte eine Stimme aus dem sich eben öffnenden Lift.

Das verblüffte Kevin so, dass er einen Moment aus dem Konzept kam und den Mann ansah, der da ausstieg. Der konnte das auf keinen Fall gehört haben — im geschlossenen Aufzug!

»Lass sie in Ruhe«, herrschte er Kevin an. Oh ja, Puma hatte 'Besuch', und ihr war es in diesem Moment sehr recht.

»Und wage es nicht, unhöflich zu sein, sie hat dich nicht wegen mir verlassen und auch nicht meines Mannes wegen.«

Kevin tritt einen Schritt zurück und mustert Puma von oben bis unten.

»*Deines* Mannes wegen«, wiederholt er betont.

Ein Schwuler scheint ihm wohl ein leichter Gegner.

Er tickt ihm gegen die Windjacke. Schulter, Brust. Die Stöße werden stärker. Er will sich mit ihm schlagen.

Puma packt die Hand, die ihn provoziert, mit unerwarteter Kraft. Nicole sieht, wie sich Kevins Gesicht verzerrt. Es knackt. Kevin schreit.

»Du spinnst wohl, du Psycho!«

»Soweit richtig.«

»Er hat mir die Hand gebrochen!«

»Noch nicht«, widerspricht Puma, »aber beim nächsten Versuch erledige ich's gern.«

Kevin sortiert seine Handwurzelknochen. Er sieht Nicole giftig an.

»So, du ziehst einen brutalen Schläger vor.«

»Noch mal. Ich habe dich nicht seinetwegen verlassen, sondern deinetwegen. Tut vielleicht mehr weh, aber du solltest das wissen.«

Sie trat in den Lift, Puma folgte ihr und fixierte Kevin. Der hätte den Lift stoppen können, machte auch schon so eine Bewegung, aber unter Pumas Blick gab er auf und ließ den Lift losfahren. »Danke, Puma«, sagte sie.

Und dann standen sie in der Rezeption.

»Oh, Sie bringen Besuch mit«, stellte die Kollegin fest.

»Ja, er hat mich gerade in der Garage vor jemandem gerettet, der noch unten herumgeistert, vielleicht sollten wir den Ordnungsdienst mal runterschicken...«

»Schon passiert«, und die Kollegin drückte zwei Tasten der Telefonanlage. »Zweiundvierzig auf Null-Null-Eins, bitte!« sagte sie ins Mikrofon. »Und nun zu Ihnen. In welcher Angelegenheit darf ich Sie anmelden?«

»Oh, die ist schon erledigt, ich habe als Geleitschutz vom Auto bis hier gedient.«

»Hat der Mann da unten Sie belästigt, Frau Kleemann?«

Die Kollegin ist plötzlich sehr angespannt und ruft eine Datei aus der Überwachungskamera auf. Da ist Kevin im Bild, wie er eine Weile hinter Nicole herläuft und sie am Lift stellt. Und da ist der Lift, wie die Tür sich öffnet, und Puma tritt heraus und mischt sich ein.

»Wie zum Teufel sind Sie denn in den Lift gekommen?«

Sie starrt ihn an.

»An Ihnen vorbei. Sie haben mich nicht bemerkt«, sagt er ruhig, »aber ich sag's keinem. Ich war unsichtbar.«

Rasch nennt Nicole seinen Namen und dass er ihr Mitbewohner ist. Die Kollegin scheint eine pfiffige Person zu sein. Auch wenn sie sich einen solchen Moment von Unachtsamkeit nicht leisten konnte und durfte, sie greift nach Nicoles Erklärung. Thema durch.

Und dann macht sie den Vorschlag, dass er seine Steuererklärung von dieser Kanzlei anfertigen lässt.

Teufel muss man nicht austreiben, wenn man durch sie was eintreiben kann, denkt Nicole und kichert.

Ja, ein Künstler ist der sicher, denkt die Kollegin. Schaut auf die langen Haare, die wohl vor Jahrzehnten zuletzt eine Schere gefühlt haben. Unter der Windjacke verbirgt sich eine sehr bunte Tunika, und da hängen Amulette an Ketten, aber nicht das Übliche, Peace und Schädel, sondern stilisierte Tierfiguren aus Stein und Holz.

So einen ähnlichen Typ haben wir ja schon unter unseren Klienten. Läuft rum wie ein Penner und versteuert sechsstellige Erlöse aus seiner Kunst.

Puma verabschiedet sich. Will wieder an seine Bilder gehen. Am Abend hat er alle Bilder fertig.

Der Galerist war da und hat das Konvolut auf 6000 Euro ausgepreist. Puma liegt nackt auf dem Bett und atmet schwer. Friedrich ist dabei, Abendessen vorzubereiten, und erzählt vom Besuch des Galeristen.

»Hat er dir von seinem Besuch in unserer Kanzlei erzählt?« fragt Nicole.

»Ach, will er bei euch versteuern?« freut sich Friedrich.

»Ja, und er hat mich in der Tiefgarage vor einem Übergriff meines Ex beschützt.«

»Hm, ja, er sagte, er müsste sich um Sie kümmern, Sie bräuchten ihn...«

»Langsam wundert mich bei ihm nichts mehr.«

»Trotzdem muss er morgen zurück in die Klinik. Sie meinen, er ist noch nicht soweit.«

Nicole schaute besorgt auf. Würde ihm das nicht wieder schaden? Er war jetzt so lebendig, malte mit so viel Schwung und Lust, sollte man ihn wieder dämpfen, seinen Elan töten, sodass er gebeugt und mit dicken Backen herumsaß?

»Er erzählte mir, er hätte Kevin fast die Hand gebrochen.«

»Ähm... ja, so etwa.«

»Darum will er zurück. Er betrachtet sich manchmal doch auch als Gefahr.«

»Wenn man einen Bodyguard sucht, nimmt man einen ganzen Kerl.«

»Ihr Bodyguard also?« fragt Friedrich.

»Hat funktioniert.«

»Das kann er also... Muss zugeben, so gut kenne ich ihn auch noch nicht.«

»Seit wann kennt ihr euch denn?« fragt Nicole.

»Ach, erst wenige Monate. Er war in einer schwierigen Lage. Er war aus der Wohnung geflogen, hatte nur noch ein paar Bilder, die wir verkauft haben, um das Nötigste anzuschaffen; er wohnte erst einmal bei mir, aber er war sehr aggressiv, ich wollte ihn eigentlich lieber wieder loswerden, wenn es auch im Bett der Himmel war, aber am Tag die Hölle. Er konnte mich stundenlang anschreien — für nichts...«

»Wie sind Sie damit umgegangen?«

»Ich hörte mir das an, stellte auf Durchzug und beobachtete seine Mimik, seine Gestik, seinen Tonfall. Studierte den Dämon.«

»Und hat er darunter selber gelitten?«

»Ja, hat er. Ich habe einmal was ziemlich Hartes gemacht, habe mitten in so einer Schrei-Orgie einen Handspiegel hervorgezogen und ihm den vorgehalten.«

»Oh, und was ist passiert?«

»Er stockte, verstummte und fing an zu weinen. Das sei er nicht. Also sprach ich mit ihm, ob er bereit war, wieder in die Psychiatrie zu gehen. Er kannte das schon, war ein paarmal freiwillig und andere Male unfreiwillig drin.«

»Du liebst ihn...«

»Ja, das tu ich, aber ich weiß nicht, ob das gegenseitig ist...«

»Denke ich schon. Seid ihr legal verbunden?«

»Nein, bislang nicht. Ich weiß nicht, ob ich das vorschlagen sollte.«

»Er hat von dir als 'mein Mann' gesprochen.«

Friedrich zieht die Brauen hoch und macht dicke Backen. Dann nickt er wie in tiefer Befriedigung.

»Hab ich dich gebeten, mich zu outen?«

Puma stand völlig nackt und verwühlt im Türrahmen.

»Musste sie das erst? — Er ist unmöglich, nicht wahr?« wandte Friedrich sich an Nicole, »aber ohne ihn kann ich nicht leben.«

»Und ich nicht ohne ihn.« Puma ging auf Friedrich zu und verschlang ihn in einem leidenschaftlichen Kuss.

»Dann ist ja wohl noch Hoffnung«, stellte Nicole fest, »Aber das mit dem Lift und so — wie machst du das nur?«

»Ich mache gar nichts.« Puma zuckte mit den Schultern.

Friedrich versuchte zu erklären. »Es sind die Dämonen, die das machen. Es ist das Genie, das ihn malen lässt. Es ist der Djin, der ihn unsichtbar im Lift verschwinden lässt. Er hört aus der Ferne und weiß, wo du bist.«

»Nix mit austreiben?«

Puma drehte sich zackig zu ihr und sah sie böse an.

»War'n Spaß!« warf sie schnell ein.

»Humor fehlt unter den Talenten dieses Genies«, foppte Friedrich ihn und fing sich einen kleinen Hieb.

»Okay, ich fahre jetzt in diese Anstalt, wo ich so coole Drogen kriege. Ich nehm mir ein bißchen Urlaub von meiner Genialität und schlafe aus. Die Bilder sind in einer Woche transportabel, und lasst euch bitte alle einzeln quittieren, sonst zieht dieser Armenier mich über den Tisch.«

Er stand mit bloßen Füßen auf dem Terrazzo der Küche und sah aus dem offenen Fenster in den Hof.

»Ziehst du dir bitte was an?« orderte Friedrich, der an die Fenster der nahen Häuser gegenüber dachte.

»Wie? Ja... Kommt ihr am Wochenende, mich besuchen?«

»Machen wir — falls du wirklich fährst.«

Nicole zog die Vorhänge zu.

»Bezweifelst du, dass ich fahre?« fuhr Puma auf. »Wie sollen wir zurechtkommen, wenn ich das nicht tu? Sollen wir abwarten, bis ich wirklich jemandem die Hand breche? — Und fragt am Empfang. Bin jetzt bei den Bipolaren. Nicht mehr bei den aggressiven Schizos. Fortschritt! Irgendwann werde ich dann ganz normal sein.«

Friedrich nahm ihn in die Arme.

»Willst du das denn?« fragt er ihn betont.

»Normal sein?«

»Ja.«

Nicole schaute gespannt auf die beiden.

»Erinnerst du dich an die vergangene Nacht?« fragt Friedrich.

Puma verbirgt sein Gesicht an Friedrichs Schulter. »Was denkst du, warum ich wieder in die Anstalt will? Natürlich erinnere ich mich, hast du es denn mitbekommen?«

»Jede Sekunde.«

Puma drehte sich zu Nicole und schaute sie an: »Weiß sie...?«

»Ich habe gesehen, wie dein Geistermann dich gefickt hat«, sagt sie. Nennt die brutale Wahrheit beim Namen.

Puma sinkt auf den Stuhl und zuckt und keucht.

»Was passiert, wenn du ihn verdrängst, den Geistermann?« forscht sie.

»Er schlägt mich«, antwortet Friedrich.

»Was?? Der Geistermann?«

»Nein, Puma schlägt mich. Aus Wut, dass ich ihn hindere. Er steht dann im Bann. Er braucht es.«

Friedrich fing an, die Spülmaschine auszuräumen.

Nicole wollte weiterfragen, aber sie stockte. Denn ihr ging auf, dass Puma den Geistermann vorzog. Was hat der, was Friedrich nicht hat? Sie ahnte etwas von den Qualitäten des Geistermannes, nun, da sie diese Szene gesehen hatte.

»Und wenn du die Tabletten nimmst?« fragte sie statt dessen.

»Dann kann er nicht, aber sein Verlangen wird dann noch größer. Er ist dann so deprimiert, das kann ich auch nicht mit ansehen.«

»Dann ist das ja wohl keine Dauerlösung«, fasste Nicole zusammen, »das ist immer nur ein Aufschub. Puma, wenn du die Tabletten nimmst, hast du keine Halluzinationen, richtig?«

»Nennen wir das jetzt so? Ich bilde mir das nicht ein! Das ist eine andere Welt, und die gibt es.«

»Und geht der Besucher nie weg?«

Puma lachte bitter. »Ja, wenn ich ganz weg bin, vielleicht. Aber er ist ein Teil von mir, den ich nur unterdrücken kann, nicht beseitigen. Das würde mich töten.«

Nicole schwieg lange, während Puma aufstand und ging, um sich anzuziehen. Friedrich hatte inzwischen den Geschirrspüler ausgeräumt und setzte sich wieder an den Tisch.

»Es kann also nicht darum gehen, ihn loszuwerden«, murmelte sie, »denn er ist ein Teil vom Puma.«

»Also muss er auch geliebt werden«, setzte Friedrich ihren Gedanken fort, »du hast das Prinzip verstanden. Was denkst du, soll ich tun?«

»Wenn er heute Nacht kommt, sag ihm, dass du auch ihn liebst.«

»Jawohl. Richtig. Das werde ich tun.«

»Komische Idee, einen Unsichtbaren zu lieben.«

»Es gibt nur diesen Weg, denn er ist ja ein Teil vom Puma, er dissoziiert, das ist das Problem. Er muss wieder ganz werden.«

»Ist das schwer?«

»Nein, das ist leicht.«

»Du kannst alles an ihm lieben, nicht wahr? Den zärtlichen und den zickigen Puma?«

»Ja, das ist alles er. Er sagte, als er in den Spiegel sah, das sei er nicht, aber vielleicht müssen wir uns einfach mit dieser seiner Seite versöhnen.«

»Puma!«

Nicole schaute auf. »Wie lange stehst du da schon?«

»Lange genug.«

»Und was willst du nun tun? In die Klinik fahren oder heute Nacht hierbleiben?« fragte Friedrich, und es schien ihm Qualen zu bereiten, diese Frage zu stellen.

»Wirst du mich denn ertragen? — Halt! Mich ja, aber ihn nicht.«

»Lass es drauf ankommen.«

»Nur zu gern. Aber haltet ihr mich aus?«

»Du opferst dich, Puma!«

»Nicole, ich kann nicht ihn opfern!« Puma wirkte verzweifelt. »Frieke! Du leidest unter mir. Und ich bin nicht bereit, das mitanzusehen.«

»Ich habe eine Idee«, sagte Nicole, »ein Ritual. Puma, du musst das nicht mitbekommen. Bleib heute Nacht hier. Warte im Schlafzimmer, bis Friedrich zu dir kommt.«

Friedrich ist erst skeptisch, als er hört, was Nicole eingefallen ist. Aber sie ist sehr sicher, dass es funktionieren wird. Leise haben sie sich abgesprochen, Vorbereitungen getroffen und alles Nötige bereitgestellt. Nun wird Friedrich in ein anderes Bewusstsein eintreten. Er legt ein Gewand an und beginnt den Gesang.

Puma springt vom Bett auf, als er die Trommel hört.

Frechheit! Was erlaubt er sich?

Das ist nicht Friedrichs Trommel, die kleinere mit den grün bemalten Fellen auf beiden Seiten, nein, das ist die große Rahmentrommel mit dem geschnitzten Griff, der ein Gesicht hat. Es ist die Trommel, deren Fell mit Figuren auf den Ebenen der Unterwelt, der Menschenwelt und der magischen Welt bemalt ist.

Und da kommt er herein mit dem gefiederten Kopfputz, mit den Fransen vor den Augen, mit dem Fransenmantel und den klimpernden Eisenteilen in Form von Schulterblättern, Tibia, Armknochen.

Wie kann er sich erdreisten? Und was singt er dazu?

Sein übliches Lied vom Verschenken des eigenen Körpers und der Liebe zu allen Wesen singt er. Von den tiefsten Höllen bis hinauf zu den höchsten Himmeln mögen sie glücklich sein und frei von Leid.

»Was denkt er sich?? Er bildet sich ein, Schamane zu sein, das haben wir nicht erlaubt!« schreien die einen Stimmen, und die anderen: »Das tut er aus Liebe zu dir! Und zu dir und dir, zu allen Wesen.«

Aber da fällt der Dämon über ihn her, raubt ihm den Atem, schüttelt ihn durch, packt hart seine Genitalien und wirft ihn auf den Rücken.

Schmerzen toben durch ihn, als würde er zerschnitten.

Puma ist wehrlos.

Was singt der Magier?

»Sei ohne Furcht! Kleines Wesen! Fürchte dich nicht!«

Ja, er hat das richtige Kleid an, er wird gut zu mir sein, er ist von meiner Art, keiner, der mich vertreiben will, keiner, der Eifersucht gegen mich fühlt, und ich brauche es doch so sehr, dass mich einer liebt, mir Nahrung gibt und Lust!
Er hat die richtigen Bilder auf der Trommel, und seine Worte sind voller Freundlichkeit. Er trägt das richtige Kostüm. Er ist nicht mein Feind, sondern mein Verbündeter.
Und darum werde ich ihm meinen Namen sagen.
Ich bin Dzerleg-Muur! hörst du mich?
Ich bin Dzerleg-Muur und besitze diesen hübschen jungen Menschen!

Der Schamane tritt näher zu ihm hin. »Was brauchst du?«

»Den Körper dieses Mannes, gut genährt, glatt und gesund. Er will mich, hindere mich nicht!«

»Ich werde ihn in den Arm nehmen — und dich. Ich liebe dich.«

Ein Fauchen durchschnitt den Raum, so heftig, dass Nicole erschrak. Erst als sie Pumas Gesicht sah, war klar, dass das wirklich von ihm kam. Ja, er fletschte die Zähne und verzog das Gesicht. Aber er ist selbst in Panik.

Friedrich singt weiter.

»Fürchtet euch nicht, kleine Geister!«

Er singt von felsigen Höhen, über denen der Sturm tobt und wo die unseligen Wesen den Wanderern auflauern, um sie in

Angst und Schrecken zu versetzen, aber ihnen opfere er seinen Körper, befriede sie, stille ihren Durst und schenke ihnen Glück, singt er.

Puma entspannt sich, seine Verkrampfung löst sich.

Friedrich singt unablässig weiter. Singt davon, wie der Nektar auch die bösesten Dämonen friedlich stimmt, die nichts im Sinn haben, als den Wesen zu schaden.

»Auf dass ihr Durst gestillt werde! Nicole, gib ihm jetzt den Trank!«

SIE IST NACKT WIE EINE WOLKENGÄNGERIN.

Sie nähert sich ihm mit leichtem Schritt und hält ihm den Becher mit Milch und einem Schuss Cognac hin. Sie erschrickt über seinen Blick, während er trinkt, denn er verdreht die Augen, um sie im Auge zu behalten, als sei auch sie eine Bedrohung, und sie muss sich noch einmal erinnern, dass ja auch dies ihr Puma ist. Sie stützt seinen Kopf, während Friedrich weitersingt. Puma trinkt den ganzen Becher in tiefen Zügen aus.

»Damit hätte er einen ordentlichen Schoppen intus«, denkt sie mit einem kaum verkniffenen Grinsen.

»Wer bist du? Wie war das? Können wir noch einmal hören, wie du heißt?« fragt Friedrich.

»Ich bin Dzerleg-Muur!« stöhnt Puma und fällt zurück.

»Nun ist es Zeit«, sagt Friedrich leise.

»Gut«, antwortet Nicole, »brauchst du mich noch?«

»Könntest du nebenan bleiben? Für den Fall...«

Sie wirft ihren Morgenmantel über und zieht sich ins Wohnzimmer zurück. Sie hört das leise Klimpern der Eisenteile des

Kostüms. Friedrich legt es ab, stellt die Trommel an die Seite und nähert sich Puma.

Sie hört, wie er ihn leise mit diesem seltsamen Namen anspricht, aber alles, was nebenan geschieht, scheint sanft zu geschehen. Da gibt es keinen Streit, keinen Widerstand, wie sie befürchtet hatten, keine Wut, keine Verzweiflung, da ist Geflüster und bald darauf sind es die Laute der Lust, das sehnsüchtige Stöhnen, da wird geraunt, gekeucht, dann das leise Klatschen von Körpern, die zusammenschlagen. Dreimal hat er seinen Namen selbst verraten, wie das magische Gesetz es befiehlt. Nun hat er sich unter Friedrichs Macht begeben, und der wird wissen, wie er damit umgehen muss.

Sie hört Puma in Ekstase schreien, dann das tiefe Atmen der Befriedigung von beiden. Eine Minute lang bleibt es still, aber nach einigen Sekunden dringt Flüstern, dann ein leises, erleichtertes Lachen zu ihr durch.

Sie wirft einen raschen Blick durch den Türspalt auf das Bett in der Mitte des Schlafzimmers, sieht die beiden in enger Umarmung, in sanften, zärtlichen Berührungen.

Sie denkt an Kevin, ob er eine Neue finden wird oder ihr das Auto abfackelt? Wird er einen Schamanen finden, der seine Dämonen zähmt?

Puma entdeckt sie und winkt sie herein.

Und auch Friedrich dreht sich zu ihr und lächelt. »Komm zu uns, Glücksfee!«

Von beiden Seiten wird sie nun geküsst. Der Raum duftet nach Honig. Um beide Männer ist ein schwaches Leuchten.

III. EPILOG

Nicole findet Friedrich gegen Morgen am Küchentisch. Wie immer, wenn es zu denken und vielleicht zu reden gibt. Leise gießt er ihr einen Becher Tee ein; sie setzt sich ihm gegenüber und scharrt in den Keksresten wie eine Amsel.

»Was wird nun?« Ihre blauen Augen richten sich direkt auf Friedrich.

»Alles wird gut.«

»Ist das nun auch die Legende vom 'heilenden Sex'?« forscht sie misstrauisch, »schweres Trauma, aber dann kommt der barmherzige Samariter und vögelt das Opfer in die Seligkeit...«

Er lacht auf: »Wie trivial! Denkst du, dass es bei uns so aussieht?«

»Eigentlich nicht, schließlich hältst du es ja seit Jahren mit ihm aus, also Spontanheilung geht anders.«

»Überhaupt Heilung«, greift Friedrich den Gedanken auf, »wer sagt, dass es sich wirklich um eine Krankheit handelt? Aus der Sicht der Schulmedizin — natürlich. Aber was ist da die Lösung? Durch Medikamente wird die zweite Persona unterdrückt, man stellt eine 'Normalität' her, an die sich der Patient dann gewöhnen kann, und so hofft man, die 'andere' Persona zum Verschwinden zu bringen... Und bisweilen gelingt das auch.«

»Sie hoffen, den 'Fremden' auszuhungern, bis er abfällt, vermute ich... Aber wenn man den abgespaltenen Teil als bedürftig erkennt...«

»Das ist der Punkt!«, stimmt Friedrich zu, »es spielt ja keine Rolle, ob das auch er ist oder ein 'Invasor'. Entscheidend ist, dass die 'Seelen' Bedürfnisse haben.«

»Und du kommst jetzt an ihn heran. Er hat angefangen, dir zu vertrauen, dieser 'Andere'. Er hat dir seinen Namen gesagt: Rumpelstilzchen.«

»Fällt dir was auf? Rumpelstilzchen reißt sich in zwei Teile...«

»Die Spaltung! Und er tut es vor Wut!« begriff sie.

»Ja, darum gehe ich ja liebevoll mit ihm um.«

»'Weiche, Satan!' ist keine Option.«

»Genau.«

»Und die Psychiatrie?«

»Die macht ihren Job, und ich mache meinen.«

Auf bloßen Füßen ist Puma in die Küche gekommen.

»Ich habe euch gehört.«

»Das durftest du auch.«

Puma setzt sich mit an den Küchentisch und nimmt einen Schluck aus Friedrichs Becher.

Könnte Puma nicht auch das Ritual ausüben, das die Geister füttert und befriedet? Wäre das nicht eine Lösung?

Sein Hilfsgeist ist demütig geworden und zieht sich immer mehr zurück. Eines Tages spürt er: Der Besucher ist erloschen.

Er tritt auf den Balkon und sieht einen Regenbogen.

Friedrich tritt an seine Seite. »Er ist gegangen...«, murmelt Puma. Sein Freund schweigt. Den Arm, der um seine Schultern liegt, schüttelt Puma nicht ab wie sonst.

Fast vermisst er den Besucher. Er fühlt seine Gegenwart nicht mehr. Aber er wird solchen Wesen dennoch Nahrung und Schutz anbieten. Er wird in Frieden mit ihnen leben, lernen und warten. Und er ist sicher, dass es sich lohnen wird.

DER HERR DER MESSER

FÜR P. B.

Ich bin der Herr der Messer. Ich kann überall sein.

Ich greife da ein, wo die Wesen sich mir anbieten.

Hasst du dich selber? Möchtest du etwas von dir wegschneiden? Ich kann helfen.

Ich bin Wohltäter und Mörder, das liegt nicht in meiner Macht, denn ich erfülle deine Wünsche, auch die unglücklichsten.

Ich habe einen Geliebten, der sich von mir formen ließ, meinen Puma. Er hat sich mit mir und meinen Gehilfen ausgesöhnt, alles gut, ich habe ihn hinter mir gelassen, er lebt in Frieden. Man liebt ihn, er muss nicht gegen sich selber Krieg führen.

Aber solche suche ich, die Unbefriedigten, Unbefriedeten.

Ich habe nach weiteren Patienten gesucht, und ich finde sie. Es sind nicht die mit der kleinen Nasenkorrektur. Ich helfe ja auch niemandem beim Kotzen, wenn er besoffen ist. Ich habe wichtigere Jobs. Ich widme mich denen, die Perfektion suchen. Oder das Absurde. Die aussehen wollen wie ein Raubtier. Ja, das sind meine Leckerbissen! Sie können nicht aufhören. Und hier ist mein Schöner, mein Wilder, tot oder lebendig, umherwirbelnd, ein Löwe unter seiner Mähne, du wirst jetzt mein Objekt.

12 *Bauschmuck auf der Fleetinsel, Hamburger Neustadt*

ICH HATTE EINEN ALBTRAUM. BIN SCHREIEND DARAUS
AUFGEWACHT.

Ich sah mich selbst als eine Art Kuchenteig, aus dem alles geformt werden konnte. Lippen, Wangen, Stirn, Kinn, alles quoll auf. Hefeteig kommt von allein aus der Schüssel oder versucht es wenigstens. So hatte sich mein Gesicht verändert.

Ich hatte Angst, in den Spiegel zu schauen. Schlaf umfing mich noch. Die Gifte der Nacht ließen mich nicht gleich aus den Klauen.

Das Gefühl dafür, was Traum war und was Wachen, das war mehr Entschluss als Erkenntnis. Ich schüttelte meinen Kopf. Schlug mir beide Hände ins Gesicht. Ging ins Bad, splitternackt, wie ich im Bett gelegen war...

Wer noch? Wer war dann gegangen?

Ich wusste es nicht mehr.

Die Mulde war noch da, aber nicht mehr warm, das gebrauchte Kondom... mit spitzen Fingern entsorgt.

Dennoch lässt mich das Gefühl nicht los, meine Finger seien ebenfalls aufgegangen wie Brotteig und hätten plumpe, kraftlose Stangen geformt.

Im Bad brauche ich einen Moment, bis ich in den Spiegel schauen kann. Pinkle im Sitzen, mehr aus Kraftlosigkeit.

Meine Oberschenkel, meine Hände... Nein, alles gut, alles so, wie es war.

Ich hebe den Blick zum Spiegel. Schatten unter den Augen, geschwollene Partie, die Falte von der Nase zum Mundwinkel schärfer als sonst.

Kein Hefeteig.

Ich lache über mich.

Was war das? Wie sehe ich aus?

Ich habe ein ebenmäßiges Gesicht. Meine Haare sind fein gekraust, schwarz und so buschig, dass ich einen Teil davon in die Höhe stehen lassen kann, der Rest umgibt meine Schultern wie eine ägyptische Pharaonen-Kopfbedeckung.

Meine Augen haben einen feinen Schwung, vor allem, wenn ich sie mit einem Lidstrich betone. Mein Mund hat eine perfekte Form, die eines Amorbogens. Ich sehe erleichtert, dass ich zufrieden sein kann. Gerade noch genug Männliches ist darin, dass ich mich androgyn finden kann.

Was ich aber in meinem Traum sah, war das Gesicht einer alten Frau. Schmachtlippen, sehr narbige Haut — wie mit Sand bestreut, dann übergeschminkt. Die Augen tief in den Höhlen und teilnahmslos.

MESSER. MIT BLUT BEDECKT — SIE ZIEHEN SICH WIE EINE ROTE WAND DURCH MICH.

Alles vor meinen Augen verwirbelt rot. Sie schieben sich durch mein Leben, schneiden mich in feine Scheiben. Ich werde in hauchdünnen Blättern fortgeweht. Aderlass. Reinigung. Erlöst vom Blut, von allem, was meinen Körper vergiftet hat. Was haben sie in mich hineingepumpt? Erst war da eine kleine Schiefe meiner Nase, die machte mich unglücklich; später kam ein Zeug, das meine Lippen schön voll machen sollte. Schmollmund. Kult.

Wollte ich eine Frau sein? Scheißegal. Männer, Frauen, alle schön. Ficken und gefickt werden. Ich liebe alle.

Ist es der Sex? Ja, auch, auf eine Art — aber Sex lässt dich verschwimmen, verschmelzen, verflechten mit begehrenswerten Objekten, so als würde ich ihre Schönheit aufsaugen und mir auf die Wangen tupfen. Würde sie mir aufpudern wie Schmetterlingsstaub, smaragdgrün, saphirblau.

Ich liebe Schmetterlinge. Ich habe mir einen tätowieren lassen. Ich kann schweben in gewissen Momenten, bevor ich wieder aufkomme wie ein Granitblock und wieder in diesen Kampf verfalle, gegen den Verfall, gegen das Verschwellen, und doch tu ich das, was mich anschwellen lässt, was die Haut krebsrot macht, was mich innerlich zu einer Eiterbeule macht.

Ich habe einmal angefangen, das ging schief. Ich musste weitere Operationen über mich ergehen lassen, um mich wieder in einen Menschen zu verwandeln. Mein Körper wehrte sich, fast bin ich gestorben.

Es dauerte Monate, bis ich das los war. Ich nahm die Flucht nach vorn, sagte diesen mit ihren Kameras um mich herumschleichenden Jäger der Sensationen, dass ich niemals aufhören möchte damit, mich operieren zu lassen. Ich habe unter Schmerzen gegrinst und gesagt, ich werde damit weitermachen, ich bin grade so toll drin.

Gut, mehrmals ist was schiefgegangen, und ich habe hundertmal soviel Geld und Kraft auf die Reparaturen aufwenden müssen wie auf die ursprünglichen Eingriffe. Aber lass es doch ein bisschen besser klingen! Tu so, als würdest du die Schmerzen geil finden, lass sie rätseln, lass sie Vermutungen anstellen. Zynismus ist meine Rettung.

Ich fülle heißes Wasser in die Thermoskanne und nehme das Kaffeeglas aus dem Schrank. Ich habe kein Geld für diese modernen Kaffeeautomaten, ich brauche alles, um meine Wangen reparieren zu lassen...

Ach nein, das war ja in diesem Albtraum. Er war so lang wie ein ganzes Leben, kam mir so vor... Ich machte mir in diesem

Albtraum kleine Waffeln ohne Ei, das schmeckte nicht wirklich, da brauchte ich extra Erdnussbutter. Meine Figur war beim Teufel. So lange sah ich schon aus wie eine Frau, endlich wie eine hochschwangere Frau. Auch gut. Allerdings war ich zum Kinderkriegen schon ein bisschen zu alt.

Weg mit diesen Halluzinationen! Das ist nicht real! Das bin ich nicht! Ich bin jung und schön... oder war es doch...

Ich erinnere mich an die Hunderte von Stunden, die ich vor dem Spiegel verbracht habe. Ich habe hingestarrt, bis ich nichts mehr sah. Es fing an, als ein Fotograf mich bat, den Kopf zu drehen, weil meine Nase schief sei. Ja, war sie. Ich kriegte einen Horror! Das darf nicht sein! Das müssen wir in Ordnung bringen...

Und wieder schlägt der Albtraum zu.

STRÖME VON BLUT VERDECKEN DIE ERINNERUNG.

Sie wogen und wabern und winden sich herum wie Rauch in einem stillen Zimmer.

Ich sehe dieses riesige Skalpell, eine heilige Stele der Eisenzeit, und es verlangt mir Verehrung ab, ich beuge mich vor dem Herrn der Messer, denn er ist der Herr der Schamanen, der Herr der Pferde, der Herr der Reiter.

Mir fällt ein, dass ich eine Tür geöffnet habe, die nicht geöffnet werden darf. Die Substanzen, die mich vergiftet und verquollen hinterlassen haben, drangen in meinen Körper, aber da war vorher etwas Schlimmeres passiert, fiel mir ein, ich habe vorher eine Tür geöffnet.,

Was war das nur? Wie habe ich das gemacht?

Jemand kam herein durch diese Tür,
ein weibliches Wesen mit einem männlichen Körper und sagte:

Ich bin Xhutgani-Ezen, ich bin der Herr der Messer. Ich werde dich nach meinem Wissen und Willen formen. Du bist nichts als mein Hefeteig, in den ich schneiden kann, der aufklafft.

Mach mir auf, opfere mir, du weißt, die Wesen aus Anderswelten können nur nehmen, was du gibst, also gib dich selbst, damit ich dich erreichen kann.

Ich ergreife dich, ich fasse dich, ich fresse dich. Und damit man es mir nicht nachweisen und nicht vorwerfen kann, wirst du selber mir die Tür öffnen.

Ich streichle dein Gemächt, bis du machtlos bist, denn deine Begierde öffnet mir die Tür. Ich bin der Herr der Messer, ich streichle deinen Schwanz und deine Eier mit einem Skalpell, und du wirst zittern vor dieser Zärtlichkeit und wirst mir anhangen ein Leben lang und wirst zu mir aufschauen, »oh Meister, gib mir den Schmerz, gib mir die Gefahr, gib mir den Flirt mit der anderen Seite, gibt mir die Knutscherei mit dem Tod.«

Ich werde deine Sicht verdrehen und zerkneten, bis du nicht mehr in der Lage sein wirst zu sehen, was für ein verdammt hübscher Kerl du mal warst.

Du wirst in den Spiegel sehen und nicht den verdammt hübschen Kerl erkennen, sondern die Polster hier, die man wegschneiden muss, den Knorpel da, den man wegschneiden muss, die Magerkeit hier, die man unterspritzen muss, die ersten Falten dort, die man botoxen muss.

Du wirst nicht mehr sehen, was andere sehen. Du wirst eigensinnig auf deiner Sicht beharren. Du wirst schön finden, was du willst, nicht, was da ist.

Das ist der Einstieg in Jahre der Folter. Lust und Schmerz sind ein schöner Tango, wenn du sie willst, aber mein Vergnügen ist, dich hin- und herzuwerfen, dich zwischen gewolltem und ungewolltem Schmerz pendeln zu lassen. Du weißt, was für Risiken du eingehst, deine inneren Organe sind gelähmt und gegerbt von Narkotika, von Antibiotika, von Blutverdünnern.

Wie ich aussehe, ich, Xhutgani-Ezen, der Herr der Messer? Wie denn wohl. Wie eine sehr schöne Frau, in die der Teufel gefahren ist.

Hast du nicht alles versucht, um zu sehen, was hinter den Dingen steht? Geraucht, getrunken, geschluckt, in deine Haut eingerieben, geschnupft hast du, was immer dir versprach, es werde dich in neue Welten tragen, in denen dir ungeahnte Sicht winkt.

Denn nicht nur die Sucht nach dem Skalpell ist ein Eingangstor für mich. Ich bin auch der Herr der Substanzen. Mutterkorn, Pilzvergiftung, Kokablätter. Ich kann auf vielen Wegen eindringen.

Syd Barrett zeigte dir eindringlich — ja, nicht die Welten selber, das geht ja nicht — den Weg, und er lief voraus. Was hat er gesehen? Raubte es ihm auf immer die Sprache, um zu sagen, was er sah? Nahm es ihm die Musik, wurde sie Teil seines Inneren, fortsingend im Verborgenen, aber unhörbar für alle außer ihm? Nicht einmal dir hat er dieses Geheimnis verraten, aber ich sage es dir. Er war in der Hölle seiner eigenen Musik. Sie nahm ihm den Weg nach außen, den Rückweg.

Du wirst eine schöne Singstimme behalten. Wie auch immer du dich äußerlich veränderst. Xhutgani-Ezen kann dich beschenken, denn er nimmt ja von dir. Ich nehme Substanz von dir. Ich bestehle dich, ich ziehe den subtilen Saft, die feine Essenz deiner Schönheit aus dir.

Das ist das Elixier der Götter, mit dem sie ihre eigene Schönheit auf die ersten äffischen Menschen übertrugen, auf dass die Sehnsucht nach ihnen auf immer in die Seele der Menschen eingepflanzt sei und sie die Götter immerfort verehren, denn die Verehrung ist die feine Essenz, die die Götter trinken. Wann immer jemand sich vor ihnen auf die Erde neigt, aus der er genommen wurde, schlägt den Göttern die Dankbarkeit der Erdwesen entgegen, und sie strecken eine feine Sonnenstrahlhand aus, um das Köpfchen des Sterblichen zu streicheln, wie Echnaton es gefühlt hat, der unvollkommene Sucher und Erzeuger von Schönheit.

Und die lockt auch andere Seelen aus den Tiefen des Alls: Uns.

Wir schauen weit.

Wir sind die Hyänen der Götter.

Wir verfolgen die Bringer von Schönheit.

Wir stehlen uns daran unseren Anteil und verderben sie.

Wir haben nicht die Güte der Götter. Wir sind zynisch. Wir sind grausam. Wir sind gierig. Wir sind Dämonen. Wir sind.

Wir beschenken, wir schenken Genius, wir sind Genius. Wir sind gleichgültig und kalt gegen unsere Opfer. Nicht wie die freundlichen Götter, die euch beschützen, die euch lehrten, Demut zu empfinden. Die Gutgötter. Die Langweiler. Die Oberlehrer.

Schales, laues Volk. Keine Power, sie geben sie nur vor.

Wie konnte der Herr der Messer mich so hinters Licht führen?

Ich ahne es. Ich habe der Dämmerung alle Türen und Fenster geöffnet. Licht und Dunkelheit wurde gleichermaßen grau, denn ich wusste nicht mehr zwischen Wachsein und Traum zu unterscheiden. Da waren keine Grenzen mehr. Ich konnte aus einem Traum in einen Traum in einem Traum erwachen, und das ist kein Erwachen.

Jetzt bin ich erwacht, denn ich weiß, dass ich nicht träume.

Ich schaue in den Spiegel. Jahrzehnte des blutigen Kampfes sind spurlos an mir vorbeigegangen.

Ja, so war ich geplant von meinem Schöpfer, der mich zeitweilig nicht mehr wiedererkannt hätte, weil ich selber mein Schöpfer geworden war.

Und das bedeutet, ich habe gegen meinen Schöpfer rebelliert. Gegen IchBinDerIchBin, gegen den Gütigen, den die Dämonen verachten. Gegen den Herrn der Hundert Namen.

LANGE HAT MICH DIE FRATZE REGIERT, UND ICH HABE DAS NICHT ERKANNT UND FAND SIE SCHÖN.

Plötzlich ist das von mir abgefallen, was meine Augen verschleierte, und ich sah: Das war das Gesicht des Dämons, der in die Welt treten wollte, der mich regiert hat und mich zwang, ihn über meinem Schädel zu formen. Er wollte sich *er-wirklichen* und Körper werden, und ich wurde sein Komplize.

Aber die Wahrheit ist in meinen Knochen.

Sie beschützt mich davor, mich selber zu vergessen.

Mein Schädel ist mein Bauplan.

Aus dem Schädel können die Wissenschaftler Gesichter neu erbauen, die eine Welt vor Hunderttausenden Jahren geschaut haben. Das ist das Werk des Schöpfers, der sie werden ließ, Generation um Generation, und wer weiß, ab wann sie ahnten, dass sie nach der Intelligenz und der Schönheit des Universums strebten. Wer weiß, ab wann Menschen sich selbst nach ihrem eigenen Bilde formen wollten, wo sie nun lernten, ihre Welt zu formen...

Und sie erfanden das Messer, schlugen es vom Stein ab, der ihnen auch den Funken für das Feuer lieferte. Was war erst da, schlugen sie den Stein, um Feuer zu machen, und bekamen ein Messer?
Oder schlugen sie den Stein, um ein Messer zu bekommen, und fanden das Feuer? Was denkst du?

Müßig! Beides ist schöpferisch und universell und hat geholfen, Menschen zu Menschen zu machen.

Und sie kamen auf die Idee, in die eigene Haut zu schneiden, so dass sie sich mit Narben schmücken konnten, und sie kamen auf die Idee, über das Feuer zu laufen. Denkst du nicht, sie spielten mit der Herausforderung, die eigene Haut zu durchtrennen? Sie können sich gelangweilt haben in ihren Höhlen, wenn sie sie nicht verlassen konnten, weil es Tiersehnen regnete...
— Bindfäden kannte man noch nicht. Kleiner Scherz. —
Sie hatten vielleicht Hunger, denn Jagen ging nicht, und die gesammelte Ernte war aufgegessen. Sie lenkten sich ab mit allem, was in der Höhle war: Stein, Holz, Feuer und ihr eigener Körper. Da stellten sie fest, dass die geschnittenen Muster blieben, wenn sie Kohle in die Schnitte rieben. Der Mensch war immer schon sein eigenes Geschöpf, wo ist das Problem?

Ich glaube, das begann, als ich die Sicht verlor... Als ich glaubte, ich könne meine eigene Schönheit erschaffen, und nicht sah, dass ich sie gerade dadurch zerstörte. Als ich die Pforten der Wahrnehmung zu weit aufriss, weiter als ein Mensch es verträgt, weiter als er darf...

Wer kann es dir verbieten?

Die Vernunft... Die Folgen können das... Ich erfuhr die Bekömmlichkeit zu vergessen... Ich begann, das Maß zu verlieren...
Das hätte mich lehren müssen.

Mal eine kleine Prise Logik. Du hast alles das durchgemacht. Wie kann es sein, dass das nur ein Traum war? Wie kannst du alles das wissen, wo du das doch nur geträumt hast? Und wie kommt es, dass du wieder jung bist und dein Gesicht so ist wie vor dem ersten Schnitt des plastischen Chirurgen?

Wir haben die Türen der Realität geöffnet. Heute ist früher ist morgen. Zwischen Traum und Wirklichkeit ist keine Grenze mehr. All diese Eingriffe waren meine Illusion.

Herzlichen Glückwunsch.
Aber den wahren Grund hast du nicht verstanden.
Vielleicht solltest du das aber, bevor die nächste Runde auf dem Karussell losgeht.
Denn ich bin dein Herr, vergiss das nicht, ich habe dich gezwungen, dich selbst nach meinem Bilde zu schaffen und das auch noch schön zu finden, was dabei herauskam, bis es nicht mehr schön war, und der nächste OP-Termin...
Du weißt, was ich meine.

Sorry, ich kann dir nicht folgen...

Rate weiter. Ich bin dein Dämon. Ich habe dich mit Messern umgepflügt und umgepflügt, damit du so wirst, wie ich will. Aber dann geschah der eine große letzte Schnitt. Und — zack! — warst du in einer anderen Welt. In der du wieder so bist, wie du geplant warst. Siehst du dich weiter so?

Ja, ich sehe mich so.

Schön für dich. Du siehst dich jetzt, wie du vor dem Albtraum ausgesehen hast. Das ist die Kraft deiner Natur. Das ist die Wahrheit deiner Knochen.
Der eine große Schnitt... Du weißt immer noch nicht, was ich meine? Der hat das Band zwischen dir und mir zerschnitten. Dorthin, wo du jetzt bist, kann ich dir nicht folgen, ich kann mit dir reden, aber ich habe keine Macht mehr über dich.

Warum hast du das Band dann zerschnitten?

Du verstehst mich falsch, nicht ich habe es zerschnitten. Du hast es getan. Du wolltest das nicht, aber es geschah, weil dein armer Körper dem Messer endlich erlegen ist. Dein Herz blieb stehen. Du warst inzwischen Hack. Mett. Geschnetzeltes. Das hält irgendwann niemand mehr aus. Aber jetzt bist du frei und schön.

Dann — bin ich tot?

Bingo.

13 *Im Garten der Villa Mansi, Toscana*

DAS HAUS DER GEGENWART

EINEN TAG BEI GOTT SEIN

ÄUSSERE UND INNERE GEMÄCHER GIBT ES; DAS HAUS IST HOCH AUF DEM SCHÖNSTEN HÜGEL GELEGEN.

Die Stadt liegt an einem Fluss, das Land auf dem Kontinent der grünen Wälder und hohen Berge, und was dergleichen ermüdend Vielbeschworenes mehr ist. Hier wohnt ein Gott, oder in der Sprache des Landes, ein Deva. Er ist nicht der einzige, doch bekennt man sich zu einem, andere Völker huldigen wieder anderen. Jedes baute seinem Deva ein behagliches Haus.

Ja — nicht, dass ihr denkt, ein Gotteshaus sei, wie bei uns, eine hohe unbeheizbare Halle, ein steinerner Kompromiss zwischen Basilika und heiligem Wald, wo du eintrittst und vergehst vor Kleinheit, wo, wenn du in die Dämmerung eintauchst aus Maiengrün und Buchfinkenschlag, Grabeskälte dich anhaucht und Gänsehaut dich befällt, nicht nur Andacht... Nein, diese Leute, die lange vor uns lebten — oder lange nach uns oder sehr fern von uns, wer kann das wissen —, richteten ihrem Deva eine anheimelnde Villa ein, nicht zu groß, und man stellte Ihm einen kleinen Stab ergebener Mitarbeiter an. Täglich erneuerten sie die Blumen in allen Räumen und gaben die gestrigen den Verehrern vor dem unterhalb gelegenen Haus der Priester, und die so Beschenkten nahmen sie hocherfreut mit heim, um sie da womöglich zu trocknen.

Dem Haus vorgelagert war eine großzügige Loggia mit Säulen, die bis zur Mitte rot getüncht waren, darüber gebrochenes

Weiß. Es hieß, er sitze an heißen Tagen hier und schaue auf Dorf und Land hinunter. Gleich hinter der Loggia befand sich das orange gestrichene Speisezimmer. An dieses schloss sich das Arbeitszimmer an, das in kühlem Erdgrün gemalt war und eine erlesene Bibliothek enthielt.

Zwei ältere Diener sorgten für das Wohl ihres Herrn, dazu ein Lehrling, der noch nicht in alle Geheimnisse eingeweiht war.

Täglich dreimal wurde der Tisch im Speisezimmer gedeckt, wurden Speisen serviert, vegetarisch, versteht sich, und das, was übrig blieb, wenn der Gott gegessen hatte, wurde an die Armen verteilt. Es blieb immer ein großer Teil übrig, Er aß wie ein Spätzchen, wohl auch aus Großzügigkeit für seine Nachesser.

Der Gott las mehrere Zeitungen, die Ihm am Kamin bereitgestellt wurden. Diese Zeitungen waren eigens für Ihn geschrieben und gedruckt und berichteten von allen Ereignissen im Reich unter frommer Perspektive.

Der Deva pflegte dann bis zum Abendessen zu arbeiten, wie Er es auch schon vom Frühstück bis zum Mittagessen getan hatte, welchem Er eine kurze Mittagsruhe folgen ließ.

Seine Arbeit pflegte Er an seinem Schreibtisch zu tun, einem soliden altertümlichen Kirschholzmöbel, hier also führte Er sein Schöpfungswerk fort. Man ging nicht davon aus, dass Er allmächtig sei; Er entgalt dieses Manko jedoch mit überragender Liebe, und Allmacht unterstellte man ihm nicht, sollte nicht die Frage aufkommen: »Warum lässt Er das alles zu?«

Der Deva verrichtete seine Arbeit an sechs Tagen mit größter Genauigkeit, bearbeitete Petitionen der Witwen und Waisen, machte wohltätige Organisationen auf die bedürftigsten aufmerksam und tat noch vieles andere, was die Priester natürlich nicht wussten, da Er seine Beschlüsse allein zu fassen pflegte. Am siebten Tage ruhte Er und las nur in den 'Großen Büchern', was Er auch an anderen Tagen zu tun pflegte, wenn nicht Schachabend war. Dieses Spiel machte ihm allerdings nur dann Vergnügen — da er ja Züge seiner Erzengel, der Engel und der Menschen voraussah —, wenn Seine Graue Eminenz, die Konkurrenz kam. Es hieß, sie lieferten sich bis in die Nacht hinein verbissene Partien, wobei der Deva stets Weiß spielte, und die Diener machten drei Kreuze, wenn sie Seine Eminenz über den Flur davonhinken hörten und er die Tür hinter sich zuschlug. Das Aufräumen der Bibliothek nach einer solchen Sitzung kostete die Diener stets Überwindung, oft ließen sie alles bis zum Morgen, wie es war.

Natürlich hat kein Diener den Herrn je schlafen sehen. Sie wussten nur zu berichten, dass Er sehr ruhig zu schlafen pflegte und Sein Bett am Morgen sehr ordentlich aussah.

Sein Schlafzimmer befand sich auf der Ostseite des Hauses und war mit lachsfarbenem Goldbrokat ausgeschlagen. Daran schloss sich das Bad an. Auf der anderen Seite des Flurs lag das ultramarinblaue Gästezimmer, klein, mit Bett, Nachtkasten und Bücherregal mit bildendem und erbaulichem Inhalt, und der Gast besaß sein eigenes kleines Bad.

Was es mit diesem Gästezimmer auf sich hat, soll noch berichtet werden.

Vor dem Frühstück hat der Leibdiener das Bad eingelassen und mit großer Sorgfalt die Temperatur geprüft. Einmal in der Woche breitet er auf einem weißen Handtuch die Utensilien zur Nagelpflege aus sowie die Haar- und Bartschere. Der Deva ist sehr reinlich. Niemals hinterlässt er abgeschnittene Haare oder Nägel.

Vom Schlafzimmer aus gelangt man auf eine Terrasse, wo bei schönem Wetter das Frühstück serviert wird. Nach Bad und

Frühstück, zeitig gegen halb acht, begibt Er sich dann an seine Regierungsgeschäfte.

Auch hierbei bleibt Er gänzlich unbeobachtet.

Unterdessen besorgt der Lehrling nach Anweisungen des Dieners die Gemüse vom Bauern und die Blumen vom Markt, Gestecke, die eigens für das Haus Gottes angefertigt worden waren.

Und nun kommen wir zum Zweck des Gästezimmers.

Jeden Tag nämlich darf eine ausgewählte Person bei dem Gott zu Besuch sein. Und da dieses Glück nun nicht jeden Bewohner dieses Landes treffen kann, wollte man den Gott nicht wieder in große kalte Hallen einquartieren, wählt man die Besucher aus. Die Priester nominieren die Kinder, die sich im Religionsunterricht durch kluge Fragen und Eifer auszeichnen, und aus diesen wird eines bestimmt, wenn es sich dem achtzehnten Geburtstag nähert. Dieser Tag darf dann im Haus des Gottes verbracht werden.

YEMIN WAR SEHR VERWUNDERT, ALS ER DIE EINLADUNG ERHIELT.

Yemin hatte ein Problem. Während alle anderen Jungen in seinem Dorf glücklich waren über die Verlobungen, für die ihre Eltern lange verhandelt hatten, war er unglücklich. Zippa war doch ein hübsches Kind, und ihre Verlobung stand, seit sie neun Jahre alt geworden war, und Yemin war zwölf gewesen, jetzt war er achtzehn Jahre alt, und die indirekten Anfragen, warum denn nicht bald die Hochzeit vorbereitet würde, hörten nicht auf.

Yemin und Zippa passten sowohl im Status der Eltern als auch der Sonnen- und Mondkarte nach so gut zusammen. Er konnte sich bestens mit ihr unterhalten, mehr war nicht verlangt und erlaubt, wenn sie sich sahen. Und er war froh darüber. Er wusste nicht, warum; er wusste nur, dass seine Sehnsüchte anders waren.

Er sprach mit niemandem darüber, dass ihn Träume heimsuchten, die nicht sein durften.

Andere, die in diesem Haus gewesen waren, erzählten von ihrer Nacht bei Gott. Sie hätten dort gespeist, im Garten gesessen, hätten ein frommes Buch gelesen... Nein, da war niemand zu sehen, man sieht ihn nicht! Und auch gefühlt habe ich ihn nicht, der Deva ist nicht zum Anfassen! Vor dem muss man Respekt haben, es ist ein heiliger Tag, du musst dich mustergültig verhalten und darfst nur die Räume betreten, die dir zugewiesen werden.

»Aber war das so nicht ein langweiliger Tag?« wagt er zu fragen.

»Schon... ein bisschen... aber ich habe den Dienern geholfen«, erzählt Derya, seine Cousine, »und da war die Zeit schnell herum.«

»Kam es denn darauf an, dass die Zeit schnell herum ist?« fragt Yemin weiter, »es ist doch ein Privileg, keine Strafe...«

Sie schaute ihn mit großen Augen an. »Das kannst du mir ja dann sagen, wenn du erwählt wirst, vielleicht hast du eine richtig gute Zeit da...«, murmelte sie, blickte noch einmal seltsam drein und verschwand.

Er hatte immer nur gehört, er sei ein Tunichtgut, wenigstens sagte das die Mutter. Nur die braven Jugendlichen hätten eine Chance, einen schönen Tag in diesem Haus zu haben. Yemin schloss daraus, dass wohl nur die Kinder Glück hatten, die den Priestern nach dem Munde redeten; er selber hatte nur immer Tadel wegen seiner Respektlosigkeit eingesteckt, er solle sich überdies mit den Antworten begnügen, die für alle gelten. Er war nicht absichtlich respektlos, er wollte doch nur wissen. Und musste feststellen, dass seine Fragen offenbar immer ins Schwarze trafen und den Pfarrer sprachlos machten.

Was heißt es, die Götter lieben die Menschen, verlieben sie sich auch in sie? Und wenn Er doch den Menschen nach Seinem Bilde geschaffen hat — wäre es nicht viel sinnvoller, Er ließe sich sehen und gäbe den Menschen ein Beispiel?

Keine Antworten würdigten seine Gedankenarbeit.

So glaubte er selber, dass er ein Frevler sein müsse.

Offenbar war diese Nominierung eine Antwort. Und anscheinend hatte er seinen Priester unterschätzt. Schon fragte er sich, ob er überhaupt zum Tag der Weihe zugelassen sein würde. Aber nicht einmal, dass Yemin im Tempelgarten Kirschen geklaut hatte — und nicht zu knapp, richtig im großen Stil, nachts mit Korb und Leiter — tat seiner Kandidatur Abbruch. Und schließlich lag diese Sünde ein paar Jahre zurück, er hatte die Rute bekommen, es war gesühnt und bereut.

Schlimmer aber war, was niemand wissen durfte. Konnte er seinen Gott nicht fragen, warum er so war, so anders als die anderen? Warum hatte er andere Träume, die ihn so erregten? Was war mit ihm verkehrt? Sollte er sich doch dem Priester anvertrauen? Wenn das aber die Runde machte im Dorf? Nicht, dass die nicht diskret wären (oder??). Aber es sagte ja genug, wenn er sich so zurückhaltend gegenüber seiner Verlobten benahm und nichts zum Prahlen hatte, wenn die anderen Jungen ihre ersten heimlichen Vorstöße oder gar Ausflüge zu Frauen von zweifelhaftem Ruf in der Stadt machten. Natürlich war das nicht erlaubt. Und dennoch konnte man mit solchen Errungenschaften punkten.

Und nun war es soweit, er war erwählt und durfte zum Tempel gehen. Am Nachmittag des Vortags machte er sich auf den Weg. Zu dem großen Anlass bekam Yemin von seiner Mutter natürlich neue Kleider und Großvaters bestes Käppchen. Ein Beutel enthielt seine Wegzehrung, aber ihm schien, er könne bis zur Ankunft beim Haus Gottes nichts zu sich nehmen, so aufgeregt war er. Die Geschwister geleiteten ihn bis zur Wegbiegung und versuchten ein paar Scherze, die aber vor Feierlichkeit ein wenig verkrampft und beklommen herauskamen. Dann ging er allein.

Er erreichte die Stadt gegen Abend, fand die priesterliche Schreibstube nebst Gästehaus unterhalb der steinernen Treppe, die hoch hinauf ins grüne Dickicht führte, trat ein, übergab sein Begleitschreiben und die Einladung, bestätigt und gesiegelt vom Pfarrer des Heimatdorfes, und man wies ihm ein Nachtlager an.

Vom Zimmer aus sah er den Park auf dem Hügel. Über den Bäumen verging das letzte Tageslicht am Himmel, und ein anderes Licht schien schwach durch das Laub. Dort lag das Haus.

Gott geht zu Bett. So früh? Das Licht verlosch, ein anderes ging an. Gott geht aufs Klo. — Pfui! — Natürlich doch. Nur nicht daran denken. Er geht zur Ruhe, wir auch.

Yemin schlief fest. Der Marsch hatte ihn ermüdet.

Er wurde geweckt, wusch sich, zog sich an, bekam Brot, Honig und Kräutertee zum Frühstück, dann führte man ihn die Treppe hinauf, und mit Herzklopfen trat er in den Flur.

»Unser Deva ist in Seinem Arbeitszimmer«, sagte der alte Diener, »bitte mir zu folgen«. Yemin gehorchte, rückte aufgeregt sein Käppi hin und her und trat vor den Schreibtisch. Der Diener zeigte auf einen kleinen Sessel davor.

14 *Bauschmuck in Venedig*

Yemin setzte sich, klemmte die schwitzigen Hände zwischen seine Knie und war mit seinem Gott allein. Yemin würde niemals sagen können, wie lange er da so still gesessen hatte und zu spüren versuchte, wie Blicke ihn anrührten. Er ließ sich anschauen. Zu sagen wagte er nichts, seine Stimme hätte gewiss versagt.

Er wiederholte in Gedanken die Anweisungen des älteren Dieners: »Fühl dich als Gast, nicht als Eindringling. Wenn so ein Gefühl aufkommt, darfst du es nicht von dir Besitz ergreifen lassen. Für diesen Fall steht ein Buch im Regal gegenüber dem Schreibtisch, es heißt 'Unser Gott nimmt mich an'. Das liest du, wenn solche Empfindungen dich heimsuchen. Du darfst auch die anderen Bücher lesen, die Musikinstrumente im Salon benutzen und in alle Räume gehen — bis auf das Schlafzimmer und das Bad des Deva. Im Übrigen beschäftige dich mit allem, was dir gefällt, du kannst auch im Garten spazieren gehen. Nach dem Abendessen kannst du Ihm in die Bibliothek folgen, allerdings nur, bis Sein Schachpartner kommt, dann lässt du sie allein, am besten, du ziehst dich mit Lektüre oder der Laute ins Gästezimmer zurück. Bei Tisch werde ich dich bedienen, ebenso wie Ihn, denn du bist Sein Gast. Und nun viel Freude.«

Yemin war ein intelligenter junger Mann, und darum brachte sein Aufenthalt binnen einer Stunde den sonst zu erwartenden Ertrag an Einsichten, die ein durchschnittlicher Jugendlicher im Laufe des ganze Tages gewonnen hätte.

Er spürte sich selber so ganz anders als sonst, ja, man kann sagen, er spürte sich selbst zum ersten Mal wirklich. Dies ist eine Glaubensprüfung, war ihm klar, und ohnedem wäre es grauenhaft langweilig in diesem Haus, und der eine Tag würde sich zu einer Ewigkeit dehnen.

Bin ja auch im Haus des Ewigen.

Auch dies ist wohl ein Zweck der Übung.

Ich könnte ja mal mit Ihm sprechen: »Hallo, bist du da?«

Albern, das. Rede ich so, wenn ich irgendwo zu Gast bin?

Er räusperte sich und setzte zum Reden an: »Herr, ich freue mich, dass in Deinem schönen Haus weilen darf...«

Das stockte und verhallte.

Yemin erhob sich unsicher und streifte durch die Bibliothek, schaute durch das Fenster in den schattigen Garten, sah die blaue Fülle von Rittersporn, burgunderrote Päonien und schneeweißen Phlox, er durchschritt das Esszimmer, vermied die Tür, an der ein fein graviertes Messingschild den Zutritt verbot; vom Esszimmer aus gelangte er in die blitzweiß gekalkte Pantry, von dort in die Küche mit dem offenen Herd aus rosa Sandstein, an dessen Rauchabzug das blanke Kupfergeschirr hing. Auf den roten Tonfliesen stand ein schwerer Eichentisch, am Fenster Blumen aus dem Garten, und durch eine holländische Tür gelangte man in einen Kräutergarten, darin Trittsteine zum Dienerhaus führten. Minze und Lavendel dünsteten in der Sonne ihr Aroma aus, vor Hitze verstummten die Vögel. Und da war ein Steinbecken, durch das Wasser rann, eifrig und lautlos.

Yemin beugte sich darüber und trank. Damit hatte er seinen Rundgang fast beendet, er ging eher ungern wieder ins Haus zurück. Trotz der Hitze draußen erschien es ihm drinnen muffig, nicht kühl. Das dürfte auch den Deva stören. Yemin kehrte in die Bibliothek zurück und öffnete die hohen Fenster weit. Eine Brise raschelte in Gottes Papieren.

»Wenn es Dich stört, so sag' es mir bitte«, wandte sich Yemin wieder an seinen Gastgeber, nun schon ein wenig verlegen, »dann mache ich sie gleich wieder zu.«

Keine Antwort.

Es ist offenbar nur eine Frage der Fragetechnik, dass man mit seinem Schöpfer in Frieden leben kann.

Und jetzt könnten wir die Notfall-Lektüre verkraften.

»'Gott nimmt mich an' — der blöde Titel ist sicher nicht von Dir.« Kein Widerspruch war zu hören.

»Verzeih mir, dass ich Dich so manipuliere, ich gebe ja zu, es ist respektlos, außerdem störe ich Dich, du musst arbeiten... 'Musst' ist gut, wer verlangt das von Dir? Vielleicht wir. Was ist ein Gott ohne Gläubige? Verzeih, Deine Gegenwart macht mich übermütig.«

Was steht in diesem Buch? Der übliche Schmus.

»Der Besuch im Hause Gottes, mein lieber junger Freund, ist eine Weihe. Kein unverdientes Glück, nein, Du hast Dich würdig erwiesen...« blablabla.

Seite 25, 26... »Das Alleinsein mit dem Deva wird sicher eigenartige Gefühle bei Dir auslösen...«

Der erste vernünftige Satz. Das tut es. Jawohl.

Was, wenn ich mal probiere, unflätig daherzureden? Ihn einen alten Schwachkopf nenne? Ich brauch's ja nur zu denken... Sag es nur, wenn Du es jetzt mitbekommen hast, ich habe Strafe verdient, tadle mich nur.«

Silentium.

Weiter im Text. Hier: »Sein Schweigen kann Dir höchst unbehaglich werden. Keine Antwort ist auch eine Antwort. Es kann geschehen, dass Du anfängst, Ansprache zu suchen und Fragen zu stellen, die von selbst die Antwort verschlimmern, zum Beispiel: 'Warum sagst du nichts, bist du nicht mit mir zufrieden?' Auf diese Weise steigerst Du Dich in eine bedrohliche Kette aus Schuldgefühlen und Angst hinein. Denk daran, dass Er Dich liebt und nicht in eine solche Lage bringen würde. Sondern Du selbst steuerst die Antwort, die du zu hören meinst...«

Ach, irgendwie geht dieses Buch an meinen Fragen vorbei.

Ich hätte niemals Angst, aber anderen muss es schon so gegangen sein. Ich fühle hier viel zu sehr mich selber, als dass ich mich fürchten könnte.

DIE KÜCHENTÜR KLAPPT, IRGEND ETWAS RUMPELT LEISE.

Es rauscht und klappert — einer der Diener ist offenbar ins Haus gekommen und beginnt mit den Vorbereitungen für das Mittagessen. So eine Störung! Yemins stiller Dialog mit dem Deva ist merklich unterbrochen. Yemin schließt die Tür zum Speisezimmer.

Er ist weg.

Er?

Ja, der Deva, der Hausherr, der Höchste. Yemin spürt deutlich Abwesenheit, und nicht, dass wer fortging, ihm scheint jetzt, es war auch vorher so. Die Gegenwart, die er zu spüren meinte, war eingebildet.

Unerhörter Gedanke.

Jetzt ist Yemin mit dem Diener allein, mit Seinem Diener, der ihm Mittag macht... »Mein Diener!«

Dieser Gedanke kommt wieder wie eine hungrige Bremse.

Zunächst verscheucht Yemin den Gedanken und geht zu dem Diener in die Küche und schaut ihm zu, wie er die Gemüse aus dem Korb nimmt und sie wäscht und putzt. Helfen darf er nicht, er ist Gast.

Hat der Diener nicht noch Helfer?

»Ja, die kommen später.«

»Wie wird man ein Diener Gottes?«

»Sie werden aus den Gästen ausgewählt. Es gibt einen Ersten und einen Zweiten Diener des Deva, die in alles eingeweiht sind. Ich bin der Erste Diener, der Zweite unterrichtet den Lehrling. Aber ich werde mich bald zur Ruhe setzen. — Möchtest du ein Diener des Deva werden?« lächelt der alte Mann den jungen an.

Yemin schüttelt den Kopf und hat sich sogleich bei einer Lüge ertappt.

»Sagen wir mal — ich möchte schon, aber ich glaube nicht, dass ich's werden könnte«, setzt er hinzu.

»Wieso nicht?«

»Sie sagen, ich bin ein Tunichtgut... Ich bin ungehorsam. Ich glaube nicht, was man mich gelehrt hat. Ich bin voller Zweifel. Nein, ich glaube nicht, dass ich dafür geeignet bin.«

»Das kannst du nicht wissen. Wer will vorher sagen, was du hier erlebst?«

»Erlebt denn jeder etwas anderes?«

»Ja, natürlich!«

»Wovon hängt denn das ab?«

»Ich würde dir jetzt zuviel verraten, wenn ich davon spreche. Du findest hier, was du suchst. Und das ist für jeden anders.«

Yemin trollt sich wieder. Er sammelt in der Bibliothek die Papiere ein, die der Wind vom Schreibtisch gefegt hat, und schließt die Fenster. Es bezieht sich.

Yemin liest noch bis zum Essen. Aber nicht wieder dieses kreuzbrave Erbauungsbuch, nein, er findet einen berühmten Roman aus der Zeit der klassischen Balladensänger, der ihm bislang vorenthalten wurde, weil Yemin zu jung dafür sei. Fabelhaft.

Es ist die Geschichte des jungen Helden Sabir. Ein wunderschöner junger Mann, von Adel und Nummer 5 der Thronfolge.

Er ist stark und geschmeidig und beherrscht das Schwert, aber er will auf keinen Fall in den Krieg ziehen, wie sein Herr, der König befiehlt. Sabir ist sein Neffe, der Dienst für den König ist Pflicht! Nicht so sehr für sich selber fürchtet er, was ist denn sein Leben schon wert! Aber Sabir kann nicht einmal ein Huhn köpfen.

Er liebt niemanden, und niemand liebt ihn, allenfalls himmeln ihn die Gänse bei Hofe an. Nun aber wird es ernst. Ein fremdes Heer lagert vor der Burg seines Vaters. Schon haben die Höflinge Bemerkungen gemacht, Sabir habe es nicht eilig, sich zu rüsten, der Feigling. Doch hat er andere Pläne, von denen er zu niemandem spricht. Sollen sie doch sehen, dass es auch einen anderen Mut gibt als den zu töten. Sollen sie sehen, dass die Rettung über Mund und Herz geht und nicht über den blanken Stahl.

Sabir stiehlt in der Nacht das Festkleid seiner Schwester, legt es an und schleicht in das Zelt des Heerführers, der ihre Stadt belagert. Alle Mann springen von ihrem Lager auf und ziehen das Schwert, einer steckt es aber sogleich ein, als er eine weibliche Gestalt erkennt. Die Waffe bleibt unbenutzt, als er den Eindringling aus der Nähe erblickt.

Ein Offizier greift nach der schönen Gefangenen, »darf ich, o Herr?« Sabir taumelt, vom Heerführer geschubst, in die Arme des Mannes, der ohne Umstände der Beute die Röcke rafft. Entblößt wird jedoch kein weiblicher Schoß. »Oh! Sie wollte zu Euch, Kommandant!« grinst der Offizier und schiebt die Gefangene zurück zum Heerführer. Diskret verlassen die Offiziere das Zelt, und der General bleibt mit Sabir im Zelt Der Feind erfreut sich die ganze Nacht hindurch an dem schönen Unbekannten, wobei Yemin mit den Beschreibungen, sie hätten sich nach Art der Berglöwen, der Wildgänse und schließlich noch der Schildkröten aneinander erfreut, wenig anfangen konnte, was ihn nichtsdestoweniger aufregte, als hätte er sich's vorstellen können.

Der Heerführer gewährt dem rätselhaften Geliebten einen Wunsch, und Sabir wünscht sich...

»Mittagessen! Bitte zu Tisch!«

Yemin stell das Buch wieder ins Regal, nicht ohne die Stelle in diesem unvergleichlichen Roman mit einer hochdringlichen Petition zu kennzeichnen, und folgt dem Ruf.

Der Diener, der serviert, ist nicht derselbe, der gekocht hat, sondern der jüngere; der Lehrling klappert in der Küche. Der Ältere schaut auch gelegentlich nach dem Rechten.

Das Essen ist natürlich exzellent, Yemin fällt in tiefe Verlegenheit, nicht zu wissen, ob er sich korrekter Tischmanieren sicher sein kann, und abgucken geht nicht.

Entspann dich, sagt er sich, Gott hat ja auch nichts dagegen, dass du Seine erotischen Romane liest.

Ein wenig absurd ist die Situation schon. Der Diener versorgt den leeren Platz mit rührender Mühe, stellt sorgfältig angerichtete Portionen erlesener Speisen vor niemanden, schließlich noch Kuchen, Obst und gewürzten Milchtee. Ebenso, wie er es bei Yemin macht, trägt er nach der rituell wiederholten Formel »gestatten?« wieder hinaus.

Yemin hat sich die ganze Zeit zusammengerissen, um sich nichts anmerken zu lassen. Aber die Szenen aus dem Roman gehen ihm nicht aus dem Kopf. Nein, sie entwickeln sich weiter, je länger er gegen sie kämpft, sie machen nicht dort Halt, wo das Buch diskret schweigt, sondern scheinen aus den Buchseiten hervorzusteigen und sich vor seinem inneren Auge in unsittlichen Bewegungen zu präsentieren.

Jetzt aber verlässt er das Haus in gemessenem Schritt, begibt sich in den schattigsten Teil des Gartens, den, der ihn am besten verbirgt. Er vergräbt den Kopf in den Händen. Ist den Dienern aufgefallen, wie rot er geworden ist? Und das verging auch nicht beim Essen! Das Blut pocht umso mehr, je peinlicher es ihm wird! Immer wieder rotiert in seinem Kopf das Bild eines Mannes, der dem vermeintlichen Mädchen den Rock lüpft und stramme Männlichkeit präsentiert. Wie kann es sein, dass er ausgerechnet in diesem Tempel, auf dem Berg der Guten Sitten, ein Buch findet, das seine wilden Sehnsüchte zu einem Funkensturm angefacht hat? Und gibt es noch mehr dergleichen?

Auf dem Rücken im Gras liegend versucht er, sich abzukühlen, aber das gelingt nur sehr unvollkommen.

Er hatte wohl eine Stunde gedöst, als er von Gewittergrollen wach wurde. Er erhob sich aus dem Gras, fast ein wenig verkühlt, und ging wieder in die Bibliothek.

Gott war nicht da.

Es hieß ja, er mache einen Mittagsschlaf, aber das war es nicht. Sondern Yemin vergegenwärtigte sich wieder mit einem Schreck oder ähnlichen Empfindungen, die mehr einem Gefühl von Befreiung glichen, dass er allein im Hause war. Ja. Er musste allein sein. Um das Haus herum: Brütende Stille. Der Diener würde erst in einer Stunde mit dem Tee kommen.

Die Zeit muss genutzt werden.

Ohne einen Augenblick zu zögern, klopfte Yemin an die Schlafzimmertür und trat ein, da die Antwort ausblieb. Einige Momente stand er an der Schwelle und betrachtete den Raum. Milde Farben, edle Stoffe. Eine Wasserkaraffe und ein gefülltes Glas standen auf einem kleinen Tisch, an diesem zwei Stühle. Ein prächtig gerahmter Spiegel war mit einem weißen, mit Goldfäden bestickten Tuch verhängt. Yemin hob den Saum und sah in den Spiegel.

Niemand ist hier außer mir, das fühle ich genau.

Ich bin's.

Er starrte sich selber lange an. Das war Yemin. Der Tunichtgut aus dem Dorf am Niederen Erlenbach.

Ich bin's. Ich bin der Deva. Der Hausherr. Der Gastgeber.

Ich wohne heute hier. Und empfange Besucher.

Augenblick ist Ewigkeit, einer ist alle.

Heute Abend spiele ich mit dem Teufel Schach.

Dass mich nur nicht die Diener dabei erwischen! Es würde sie zu Boden schlagen, wenn sie wüssten, was ich weiß...

Oder ich kriege den Rohrstock.

YEMIN BETRACHTETE ALLES IN DIESEM ZIMMER SEHR GENAU.

Er nahm dies und jenes in die Hand, schaute sich an, welch edles Handwerk dies alles hervorgebracht hatte, polierte Kämme, Schildpatt mit Perlmutteinlagen. Gutes Parfum von jenseits der Berge, Zedernuss, Sandelholz, Zimt, Jasmin aus dem Südland... Halt, das sind doch Toilettengegenstände einer Dame!

Es wird immer rätselhafter. Yemin zieht die Schubladen auf. Rasierseife, Schermesser, eine Bartbürste. Und in dieser Lade: Hennah, Kajal, Pinzette, Lockenwickler, Lippenrot.

Für wen ist das?

Yemin flüchtet verwirrt aus dem verbotenen Bezirk und versucht, sich wieder in den Roman zu vertiefen. Aber die Entdeckung lenkt immer wieder seine Gedanken auf sich.

Der Heerführer ist der König des feindlichen Landes. Er hat von der Eroberung abgesehen, hat den schönen Unbekannten im

Morgengrauen gehen lassen und ist mit dem Bild des Jünglings in seinem Herzen abgezogen. Der König der verschonten Stadt ist bereit, mit den Angreifern zu verhandeln, und wundert sich über die plötzliche Milde. Alles in Butter also.

Aber was hat es mit dem Lippenrot in Gottes Schlafzimmer auf sich?

Er grübelte noch immer, als der Diener mit Tee und Keksen eintrat. Natürlich verschwieg er seine Fragen. Er fürchtete nun auch, sich zu verplappern, wenn er sich zu viel mit ihnen unterhielt. Denn Yemin war zum Lügen nicht erzogen. Er ahnte, dass das Verbot dieses Zimmers noch schwerer wog, als er zunächst angenommen. Genau diese Entdeckung ließ das vermuten. Schweigend knabberte er die Kekse und schlürfte den heißen Tee.

»Alles, was du in diesem Hause sprichst, ist Gebet«, stand in dem blöden Buch.

Das hat Yemin weit hinter sich gelassen. Seine Gebete sind größer.

Dennoch blättert er noch einmal darin, ob sich ein Hinweis finden möchte auf das, was ihm inzwischen durch den Kopf geht.

Warum sind Seine Zimmer tabu für Besucher? Ganz einfach: »Dies sind eben die Privaträume des Hausherrn, wie ein jeder Sterblicher auch seine Privatsphäre hat. Denn die menschliche Wesensart ist dem Schöpfer in jedem Zug nachgebildet...«

Kein Wort über weibliche Präsenz.

Anwesenheit muss keineswegs sichtbar sein. Das hat Yemin von früh auf gelernt. Er käme nicht auf die Idee, Gottes Präsenz zu bezweifeln, nur weil er Ihn nicht sieht. Das wäre ja krasser Materialismus. Vielmehr kommt er auf die Idee, weil er Ihn nicht spürt. Es verhält sich anders als man ihm gesagt hat, das ist

Yemin nun ganz klar. Er durchforscht das Büchlein von vorne bis hinten, was er erst gar nicht wollte, und stellt fest, dass es wohl durchaus hilfreich sein muss für jemanden, der aus der priesterlichen Fiktion der Anwesenheit des Deva nicht ausbricht, der sozusagen nahtlos vom Religionsunterricht in diese Weihe übertritt.

Aber Yemin kann das nicht.

Yemin hat im Tempelgarten Kirschen geklaut und schon lange vorzugsweise das gelesen, was ihm verboten wurde. Wenn es auch noch so langweilig war. Eher beißen wir uns da durch, als uns mit dem Erlaubten einlullen zu lassen.

Und jetzt freut er sich auf die Schachpartie mit dem Teufel. Vielleicht trägt der ja das Rouge.

Der Prinz, dessen Vater die Stadt verteidigte, ist inzwischen herangewachsen, jeder ist stolz auf den Sohn des belagerten Königs. Er hat Preise in Turnieren gewonnen und Ruhm damit errungen. Der Belagerer hat sein Versprechen gehalten und das Nachbarland mit Kriegszügen verschont. Er hat eine Tochter, die man gern mit Sabir verheiraten möchte. Ein schönes Paar, die junge Dame ist von dem königlichen Neffen begeistert. Alle am Hofe sind entschlossen, die Reiche durch Eheschließung zu liieren, nur der einstige Belagerer sträubt sich aus unerfindlichen Gründen gegen die Wahl seiner Tochter. Der König ist beleidigt, beschuldigt Sabir und lässt ihn einkerkern.

An dieser Stelle ward das Abendessen serviert.

Heute schien es früher zu dunkeln als gewöhnlich. Das Gewitter drohte weiter, kam nicht zur Sache, pendelte zwischen Fluss und Bergen, wetterleuchtete eher unentschlossen. Heute sei in der Tat eine Schachpartie geplant, sagte der alte Diener, man erwartete also von Yemin, dass er sich mit Lektüre ins Gästezimmer zurückzog.

»Wir kommen erst wieder morgen früh zum Aufräumen und um Frühstück zu machen. Aber sorge dich nicht, dir tut der Schachfreund des Deva nichts, denn der Deva ist mit dir, also kümmere dich nicht darum. Lies ein bisschen vor dem Schlafengehen, ich stelle dir noch ein Glas Saft ins Zimmer.«

Sprach's und verschwand.

Yemin schaute ihm nach, wie er gemessen durch den dunklen Garten zum Dienerhaus ging, und begab sich unverzüglich in die Bibliothek.

Im Kamin brannte ein Feuer, das Schachspiel war aufgebaut, auf einem Tablett standen Südweinflaschen und zwei geschliffene Gläser. Hier war Anwesenheit! Da war Yemin sich sicher. Er ging ohne zu zögern auf das Tischchen zu und ergriff die Flasche. »Nehmen Sie Platz, mein Freund! Einen Port?« fragte er.

Das wurde nicht abgelehnt.

Yemin goss beide Gläser voll, sagte »Wohlsein!« und nahm einen ordentlichen Schluck. Dann zog er einen der mittleren Bauern vor. Der Schachgegner, so zeigte sich nach zwei Zügen, konterte mit der Figur 'Zug der Kraniche'.

Natürlich war es Yemin, der die Figuren bewegte, aber wenn Schwarz am Zug war, geschah es ihm, dass seine scharfsinnigen Folgerungen aussetzten zugunsten einer Art Absence, in der er aufs Schachbrett sah, ohne sich einen Reim aus der Konstellation zu machen und ohne zu wissen, warum er diese Figur zog und nicht jene und warum auf dieses Feld. Ihm fiel auch auf, dass er keineswegs zufällig handelte, sondern konsequent einem Plan zu folgen schien, den er selber nicht kannte. Es bereitete ihm Vergnügen, dass Schwarz ihn somit laufend überraschte und mit Kombinationen aufwartete, auf die er nie gekommen wäre, die Weiß nicht einkalkulierte oder schon verworfen hatte.

Er verlor.

Bei der Revanche blieb die Verteilung der Farben erhalten, wiewohl das gegen die Regeln war, so schien es doch, dass er nur Weiß spielen konnte und der Gegner nur Schwarz. Wieder sah er das Spiel aus weißer Perspektive und zog die schwarzen Figuren in einer Art Blackout. Ebenfalls gegen die Regeln war, dass nun Schwarz den ersten Zug hatte, auch die Aufstellung stimmte nicht. Aber das war offenbar zwangsläufig und nach der Farbordnung zweitrangig.

Wieder gelang es Schwarz mehrfach, ihn zu überraschen.

Aber er gewöhnte sich schnell an die Handschrift des Gegners. Das verschaffte ihm nach und nach Vorteile. Er arbeitete zäh daran, die Strategie von Schwarz zu durchschauen. Es war ein System drin.

Er verstand, dass Schwarz ihn für vordergründig gute Züge, die aber von langer Hand Schwächen vorbereiteten, mit vorläufigem Rückzug belohnte und ihn damit aufs Glatteis zu locken versuchte.

Na, das ist doch endlich was Spannendes. Das Beste, was ihm hier bislang widerfuhr, mal vom Essen abgesehen. Er merkte, wie Kampfeslust, ja, nahezu Spielwut ihn packte, erinnerte sich dann aber daran, wer er war, nämlich Er, der Hausherr, also: Contenance, Haltung, Würde! — Und vor allem: Nur keine falsche Bescheidenheit. Denn die führt vielleicht zu größeren Fehlern als ein wenig unschuldiger Größenwahn. Wir tun ja keinem was Böses, wir vergessen allenfalls eine gefaltete Petition in einem erotischen Roman des Mittelalters...

15   *Brunnenfigur im Hof des Rathauses, Hamburg*

Er unterbrach das Spiel, zog das Buch hervor, das irgend so ein Ordnungsfanatiker wieder an seinen Platz gestellt hatte, und entfaltete sein Lesezeichen. Es war ein Brief eines Witwers, der beklagte, er sei zu alt für die Feldarbeit, und die Familie seiner seligen Frau schikaniere ihn von früh bis spät, aber er wisse nicht, wohin; Kinder hatten sie nicht, er sei ohne Mittel und auf die Hilfe der Verwandten angewiesen...

»Baut ihm ein eigenes kleines Haus am Rande des Gutes, lasst ihm Essen von der Gemeinde bringen«, schrieb Yemin in seiner kraftvollen, ein wenig unausgegorenen Handschrift auf die Petition und legte sie zu den anderen auf den Schreibtisch.

Und wie endet der Roman? Das muss er doch auch noch rasch erfahren. Heroischer Verzicht und das Versprechen ewiger, unerfüllter Liebe? Der Prinz, der mit dem Feind schlief, ist ein Kandidat für die Steinigung, als er, in die Enge getrieben, die Hochzeit mit der Prinzessin absagt. Er bekennt sich zu seiner Liebe, dem Nachbarkönig. Da er sich verkleidet hatte, wurde der Heerführer also getäuscht, und der Hof seines Onkels befürchtet den nächsten Krieg! Zudem hat er lästerliche Unzucht getrieben! Allein dafür gebührt ihm strenge Strafe. Schon führt man ihn hinaus, um ihn zu steinigen, da schlägt vibrierend ein Pfeil in den Pfahl, an den man ihn fesselt. Um den Schaft des Pfeils ist ein Brief gewickelt, der Henker liest ihn laut vor, da man so den Deliquenten und dem Publikum üblicherweise die Begnadigung verkündet! Tatsächlich, der Nachbarkönig ist gerade noch rechtzeitig herbeigeilt, bekennt sich zu Sabir, spricht ihn von aller Schuld frei und bietet ihm seine Liebe und das halbe Schloss. Also hat sein Mut letztlich die Stadt gerettet, so wird er begnadigt, und es entsteht unverbrüchliche politische Partnerschaft.

Ach, und ohne diesen Verdienst hättet ihr ihn kaltherzig erschlagen?

Ha! Ihr Memmen! Heroischer Verzicht!

Nein. Es lebe die Liebe! Liebende gleichen Geschlechts sollen vor dem Gesetz sein wie Mann und Frau.

Gesiegelt und verkündet.

Er erinnert sich nun aber, dass das Gesetz dies noch verbietet. Da ist göttliches Eingreifen gefragt.

Yemin machte eine Notiz in der Planungsliste für die Vorhaben göttlicher Gebote und kehrte zum Schachtisch zurück. Dort führte er die Partie zuende und gewann zum ersten Mal.

»Ich ziehe mich nun zurück«, sagte er zu dem unsichtbaren Gast, »kommen Sie gut heim, grüßen Sie Ihre Großmutter von mir, alsdann, bis zum nächsten Mal, es war mir ein Vergnügen. Gute Nacht.«

Ein Knall, zugleich mit fahlgrün grellem Licht, beantwortete seinen Abschiedsgruß und erschreckte ihn fast zu Tode. Nun erst ging das Gewitter mit voller Wucht nieder. Die Glut im Kamin flackerte noch einmal bläulich auf, eine Bö rauschte durch die Baumkronen. Yemin, eingedenk seiner Pläne, verwarf tapfer den Impuls, sich ins Gästezimmer zu flüchten. Statt dessen trat er todesmutig durch die verbotene Tür. Einmal im Leben habe ich diese Chance — nun will ich's wissen.

Damit es sich auch richtig lohnte, wusch er sich im edlen Bad. Was ist nun mit dem Lippenstift, dem Wangenrot und dem Schwarz für die Wimpern? Er steht vor dem Spiegel und erinnert sich seines ersten Versuchs, als die Mutter ausgegangen war. Nein, er will nicht wie ein Mädchen aussehen. Sondern er hat durch einiges Probieren herausgefunden, was nur ein Hauch Farbe bewirkt. Nur ein wenig Frische auf die Haut der Wangenknochen, ein ganz leichter Aufstrich von Rot auf den Lippen, ein klein wenig den Ausdruck der Augen vertiefen...

Ja, Yemin ist schön. Kein Mädchen. Ein schöner Mann.

Er schritt entschlossen ins Schlafzimmer, trank das Glas auf dem Tisch in einem Zug aus, um das Drehen loszuwerden; er öffnete mit Herzklopfen den Vorhang des Himmelbetts und glitt dann zwischen die Laken. Nie hatte ihn so etwas Weiches umhüllt. Unglaublich. Zu schade, dass man im Schlaf nichts davon fühlt, was einen umgibt. Das hier ist himmlisch! Und es geziemt einem schönen Gast viel mehr als das schmale Gästebett.

Auf der Terrasse rauscht der Regen nieder, und der Donner poltert inzwischen in respektvollem Abstand hinter den Blitzen her. Yemin hat ein Fenster geöffnet, eine Brise, duftend von Gras und Wasser, fächelt über ihn hinweg, er schläft sofort.

DIE WEICHEN LAKEN GLEITEN SO SANFT ÜBER SEINE HAUT.

Und da ist noch etwas Sanftes: Haare, Haut, Hände, ein herber, holziger Duft... Was für ein schöner Traum! Wäre er nicht so benebelt vom Wein, er wäre wohl erschrocken, aber jetzt und hier ist alles möglich...

Yemin wird von Armen umfasst, sie ermutigen ihn, sich als Mann zu fühlen, sie bieten ihm an, ein fremdes Glied anzufassen, es ist kräftig und hoch erregt; da klopft sein Blut, er möchte den Unsichtbaren umfassen und wagt nicht, sich zu rühren, lauscht halbtot vor Spannung auf jede Regung. Ist das wirklich nicht jemand, der sich zu ihm ins Bett geschlichen hätte, jemand, der nur seine Naivität ausnutzen möchte? Er liegt doch jetzt in warmen Armen, aber er sieht nichts.

Finster ist die Welt unter der Gewitterwolke. Da erhellt ein weiteres Mal ein greller Schein den Raum, der Donner hallt von den Bergen wieder. Und während er die Umarmung fühlte, hat er Tisch und Stühle, Vorhänge, die Wasserkaraffe gesehen, alles so hell, als schiene die Sonne drauf, aber es ist klar: Niemand Sichtbares ist hier. Und doch, ein Atem streift sein Ohr, der lässt ein Begehren erraten, ja, Yemin wird geliebt.

Und obwohl er sich nicht rührt, geschieht das, was er sich lange wünschte, was er so begehrte, dass er hätte schreien mögen und durfte doch kaum einen Seufzer tun, wenn er seinem Drang im Holzschuppen nachgab. Auch jetzt glaubt er, er dürfe kaum einen Seufzer hören lassen. Das ist doch verboten, was hier passiert, so hat er es immer gehört. Aber wie kann das sein, wenn der Deva solche Bücher liest? Oder wer sonst sollte das tun?

Obgleich Yemin liegt, schwankt er, ihm ist, als lägen sie in einem Boot, vielleicht in der Hängematte; und wenn er die Augen ganz schließt, glaubt er, sich ganz herumzudrehen. Liegt das am Wein? Rauscht der Regen oder das Blut in seinen Ohren?

Sein unsichtbarer Gefährte lässt seine Handfläche genießerisch über Yemins Leib gleiten, kneift ihn zart in die Nippel, Yemin windet sich in seiner Lust wie eine Schlange, aber er wagt nicht, sich selber anzufassen. Mein Gott, mein Herr, mein Besitzer, flüstert er fast unhörbar. Er will ihm nichts verweigern.

Du kennst mich seit langer Zeit, seit es mich gibt und länger. Du weißt, wer ich bin und wie ich bin. Du weißt, was ich ersehne. Du nimmst mich an, wie ich bin, ich bin so, wie du willst, Schöpfer, und wie du mich gemacht hast.

Ich werde mich nie mehr selber hassen.

Wieder hat er geschlafen oder auch die Besinnung verloren.

Ganz wohl ist ihm nicht, schwer sein Kopf, heiß ist ihm, er deckt sich auf, aber wieder gleitet eine liebevolle Hand über ihn, als sei es der milde Nachtwind unter den regenschweren Bäumen. Der Morgen graut, die Konturen des Raums werden deutlich. Wieder fühlt er nur, sieht aber niemanden. Und sein Herr erlöst ihn.

ES IST MORGEN, ALS ER AUFWACHT, ES WIRD EBEN HELL.

Sein Kopf hat die nächtliche Schwere verloren, und zugleich kehrt die Vernunft zurück, und das zum Glück, bevor die Diener kommen. So schlüpft Yemin zwischen den wunderweichen Laken hervor, zieht alles so glatt, wie er es — noch schlaftrunken — kann, und begibt sich eilig hinüber ins Gästezimmer, um dort in einem kühlen Bett, das sich geradezu befremdet gegen ihn sperrt — wie soll man je wieder in Leinen schlafen, wenn man erst Seide kennt? — noch ein wenig der Form halber fertigzuschlafen.

Der Diener poltert nebenan herum. Yemin setzt sich auf.

Es ist hell. Es ist vorbei.

Die Diener scheinen ärgerlich zu sein, ihre Stimmen klingen so. Sie sprechen miteinander, Yemin versteht keine Worte.

Aber offenbar wissen sie schon, dass er in des Gottes Bett geschlafen hat. Ihm fällt ein, dass seine nächtliche Begeisterung Spuren hinterlassen hat.

Und da ist ja auch das Schachspiel, noch in der Aufstellung des letzten Matt durch Weiß. Da ist das volle und das fast leere Südweinglas, die Antwort auf die Petition, die Notiz auf der Liste, das nasse Handtuch in Gottes Bad, wohl auch Haare im Waschbecken, Schminke auf dem Kopfkissen. Sie müssen annehmen, ich hätte gehaust wie die Wildsau.

Sie werden sagen, ich hätte alles verdorben und die Stätte entweiht — und du, Yemin, glaubst du das?

Nee.

Yemin liegt auf dem Rücken, die Arme hinter dem Kopf verschränkt, und lächelt. Wer gesündigt hat, träumt nicht gut, sagt der Priester daheim. Aber ich hatte den schönsten Traum meines Lebens.

»Du erfährst, was du dir wünschst« hat der alte Diener gesagt. Ich weiß jetzt, dass hier zwei waren, der Besucher und der Gott. Vielleicht ist es eine Göttin, wenn andere junge Männer hier sind? Was erleben die Mädchen, die hier übernachten? Nimmt sich ihrer eine Göttin an oder ein Gott?

Darf ich sowas denken? fragt sich Yemin, aber dann: Doch, hier darf ich alles denken, wo ich schon mal angefangen habe, Undenkbares zu tun. Aber wer außer mir weiß das? Das erfährt nur, wer die Frechheit besitzt, sich im göttlichen Bad zu waschen und sich in das göttliche Bett zu legen.

Yemin wäscht sich und zieht sich an, kämmt sich und übt vor dem Spiegel im Gästebad ein selbstbewusstes Gesicht. Dann begibt er sich zum Frühstück ins Esszimmer.

Dicke Luft.

Aha. Es ist eine Sache, sich seiner Sache sicher zu fühlen, eine andere, sie vor anderen zu vertreten. Vor allem, wenn diese das Recht haben, von dir Rechenschaft zu verlangen.

Tribunal! Der Ältere und der Lehrling reden jetzt leise. Der Dritte kramt im Nebenraum herum.

Sie haben nicht beide eine Dienertracht an, sondern der Ältere trägt ein Priestergewand und wirkt sehr ernst. Die Dienertracht liegt über dem Stuhl.

Eine Bestrafung wird immer wahrscheinlicher.

»Was hast du letzte Nacht...«

»Überlass mir das«, bremst der Ältere den Lehrling aus. — »Was ist seit dem Abendessen vorgefallen?« wendet sich der Ältere an Yemin. Nimmt ihn ins Verhör.

»Nichts Besonderes«, würgt Yemin fast tonlos, sammelt sich dann, räuspert sich und fährt fort: »Es war so wie wahrscheinlich meistens: Der Schachpartner kam, ich habe ihm einen Port angeboten und selber welchen getrunken...«

»Ja, und nicht zu knapp!« schaltete sich der Junge ein, »und im Bücherschrank hat er gewühlt, anstatt das zu lesen, was wir ihm herausgelegt haben!«

'Warum besitzt er solche Bücher, wenn sie nicht von denen gelesen werden sollen, die sie entdecken?' wollte Yemin sagen, aber er presste die Lippen zusammen.

»Weiter«, befahl der Ältere.

»Wir haben sieben Partien gespielt, sechs habe ich verloren, er ist halt verdammt gut. Dann habe ich mich zurückgezogen...«

»Nicht zu vergessen die Petition... und ein Gesetzesvorhaben... empörend...« Der Lehrling runzelte die Stirn und hielt sich merklich zurück. Aber Yemin zu tadeln fühlte er sich beauftragt. Der Ältere schwieg.

»...Ja, trotz der späten Stunde habe ich noch ein wenig gearbeitet. Dann ging der Schachfreund, ich habe gebadet...«

»Geplanscht wie eine Robbe! Das Bad überschwemmt!«

»Vielleicht hat es auch reingeregnet, ich glaube, ich habe das Fenster offen gelassen...«

»Weiter?«

»Was weiter? Geschlafen habe ich. Im verbotenen Schlafzimmer, gebe ich zu.«

Dem jüngeren Diener fehlten die Worte, der Ältere wirkte gefasster. »Und?«

»Was: Und? Ein Kavalier genießt und schweigt.«

Die beiden Diener tauschten schwer zu deutende Blicke miteinander, und nur der Ältere schien zu wissen, wovon Yemin redete. Yemin überlegte, ob er zu frech geworden war. Gewiss, aber das ging ja nun nicht anders. Und darum fügte er hinzu: »Es tut mir auch nicht leid. Denn ich kann hinter das, was ich erlebt habe, nicht zurück. Ich habe in den Spiegel in Gottes Bad gesehen, und jetzt weiß ich, ich war's...«

»Du warst — was?« fragt der Ältere mit wissendem Blick.

»Ein Gott. Und der Geliebte eines Gottes.«

Der Lehrling schnappte nach Luft.

»Warst du allein?« fragte der Ältere einigermaßen unbewegt weiter. »Nein, Er kam zu mir, wir haben uns geliebt, und jetzt ist es vorbei. Irgendwann findet wieder jemand durch diese Tür und entdeckt das Jasminparfum und das Rouge. Wenn ich bestraft werde, hat es sich doch gelohnt. Vergesst nur nicht, wenn ihr mich bestraft, wer ich eine Nacht lang war, denn ich vergesse es auch nicht.«

Die Rute würde es geben, das war klar, aber Yemin würde sie gleichgültig und mit zusammengebissenen Zähnen ertragen. Keine Strafe würde ihm jemals austreiben können, was er erlebt hatte, keine würde ihm einen Widerruf abpressen.

»Steh nun auf.« Der ältere Diener nahm das Gewand vom Stuhl und legte es Yemin um die Schultern.

»Was hast du vor?« fragte der Jüngere verblüfft.

»Er ist mein Nachfolger«, sagte der Ältere, »er hat's verstanden.«

NACHWORT

ICH SCHRIEB DIE ERSTE UND DIE LETZTE NOVELLE DIESER SAMMLUNG IN DEN NEUNZIGER JAHREN.

Die letzte Novelle hatte ich eigentlich für den Anfang geplant, sie sollte sehr spielerisch und harmlos in einen Gedanken einführen: Götter sind von einigen Kulturen sehr menschlich gedacht — in eine solche versetze ich mich mal hinein, und ermögliche dem Held eine Grenzerfahrung. Nun steigert sich im Verlauf des Buchs aber die Härte, so dass ich dem Ganzen doch einen eher heiteren und versöhnlichen Abschluss geben wollte.

Man merkt, dass ein paar Geschichten schon vor geraumer Zeit entstanden sind. Noch waren Handys nicht das allbeherrschende Kommunikationsmittel. Das merkt man vor allem der ersten Geschichte an. Überflutungen sind keine Erfindung des 21. Jahrhunderts. Die Kraft der Natur sollte dem Menschen Demut abringen.

REALITÄTEN SIND NICHT IMMER MATERIELL.

Wir nennen das, was wir durch unsere Sinne erfahren, Wirklichkeit. Darin steckt das Wirken. Es ist wirksam, aber auch gewirkt — die Germanen sahen darin die Arbeit der Nornen, Weberinnen der drei Zeiten Vergangenheit, Gegenwart und Zukunft. Sie stellten sich die Geschehnisse als ein Geflecht von Fäden vor, was der Idee von Parallel-Universen recht nah kommt. Das Gewebe, textum, erweckt ein Bild, wie das Wort 'Tantra', das ein Geflecht der Phänomene bezeichnet. In erster Linie sind es eben diese Fäden, die die drei Zeiten durchlaufen und verbinden.

16 *Fries am Apollotempel, Side, Türkei*

Die heutige Verwendung dieses Wortes für Sexualverklärung ist in den altindischen Philosophien nur ganz am Rande gemeint.

Und so ergibt sich, dass alle Erfahrungen unserer Sinne und unseres Bewusstseins ein solches dynamisches Geflecht von eigenen Projektionen zu sein scheinen, wenn wir die Konsequenz der indischen Philosophie zum Ende durchdenken. Und eingekleidet in Gestalten, die scheinbar von außen auf uns zukommen, begegnen wir den eigenen Ängsten, Begierden, Abneigungen, den eigenen Größenfantasien, Minderwertigkeitsgefühlen, Opferkomplexen, narzisstischen Kränkungen und Eifersüchten, als kämen sie nicht aus unserem eigenen Repertoire von Projektionen. Indem sie uns als Widersacher entgegentreten und Namen fordern, entsteigen sie uns selber und verweigern sich dem Erkanntwerden als Teil von uns. Fällt aber das Tageslicht auf diese Gespenster, so zerfallen sie zu Staub.

Meine Erfahrungen mit Geistern stehen unter dem Vorzeichen, alle natürlichen Erklärungen ausgeschöpft zu haben, bevor man an etwas Übernatürliches denkt, wie es jeder vernünftige Mensch täte; etwas heute noch nicht Verständliches völlig auszuschließen wäre aber ebenfalls nicht vernünftig, da es künftigen Entdeckungen keinen Raum zugestehen würde. Wir kennen nur zwei Möglichkeiten: Etwas extistiert und kann behandelt werden; oder es existiert nicht und wird ignoriert. Mit etwas umzugehen, was nicht fassbar ist, scheint keine Option zu sein.

Exorzismen betrachten wir heute als finsteres Mittelalter. Das sind sie dann, wenn die psychiatrische Störung, unter der ein Mensch leidet und die in der Vergangenheit als 'Besessenheit' bezeichnet wurde, auf ein anderes Wesen zurückgeführt wird, das es bei einem Namen zu rufen und auszutreiben gilt. Sehen wir aber das exaltierte Gebahren des 'Besessenen' als Ausdruck von emotionalen Störungen, dann kann nur Mitgefühl und heilende Aktivität die Antwort sein. Ihm oder ihr die eigene Seele auszutreiben würde den Träger, den besessenen Menschen ja töten! Und so erklärt sich das leidvolle Drama, als das wir uns Exorzismen vorstellen.

Es gibt aber Heiler, die Mitgefühl mit dem Dämon lehren, der die Ursache der Wutausbrüche, Stimmen-Manifestationen oder unerklärlicher Erkrankungen ist. Ich war selber Zeuge eines solchen erfolgreichen Rituals. Aus dieser Sicht wird das störende Wesen als bedürftig erkannt, es wird gewaltlos aus seinem Opfer, seinem Wirt hinausgeführt, mit Ersatzbefriedigung in Form von Speisen besänftigt und belehrt. Der Dämon wird liebevoll geheilt.

Am schwersten zu verstehen ist wohl die vorletzte Novelle. Heftig und wie unter Zwang geschrieben, schuf ich sie unter dem Eindruck der Lebensgeschichte eines Menschen, der in den Sog der plastischen Chirurgie geriet, anfänglich, weil er nur einen kleinen Schönheitsfehler korrigieren lassen wollte.

Ich war tief ergriffen von der Tragik, wie diese Irreführung durch ein Ideal, eine Illusion, ein Leben zerstören und vorzeitig beenden kann. Der Mensch versucht, sich zu optimieren, aber er oder sie zerstört dadurch die natürliche Schönheit.

Es ist ja nichts dagegen einzuwenden, wenn es nur um eine kleine Korrektur geht, die eine Nase verkleinert, ein Kinn entdoppelt, dies wären Veränderungen, die die Trägerin oder den Träger ein Stück weit glücklicher machen. Das muss jeder selbst entscheiden. Aber bisweilen sehen wir Entstellungen statt einer Verschönerung. Es geht in dieser Novelle einzig um eine solche extreme Form. Was ist die treibende Kraft, wenn jemand so viel

Schmerz, Narkosemittel und Wunden auf sich nimmt, um auszusehen wie etwas anderes? Wie kann es sein, dass er oder sie sich dann schön findet, wenn das geschafft ist, auch wenn die meisten anderen das Ergebnis grotesk finden? Ist diese Art der Sicht auch eine Art Besessenheit?

Neunzig Prozent der Dämonen sind der eigene Geist, sagte ein Lama. Er sagte nichts über die restlichen zehn.
Zu den Namen der Dämonen:

Ich habe sie aus dem Mongolischen gegoogelt, 'Herr der Messer' ist *'Xhutgani-Ezen'*, während *'Dzerleg-Muur'* die Bedeutung von 'Wildkatze' hat. Man verzeihe mir, wenn das etwas schräg übersetzt ist. (Lilith Dandelion, März 2021)

17 Sibirische Geisterfiguren aus Holz, Völkerkundemuseum Hamburg

QUELLEN UND ABBILDUNGEN

HILFREICHE LEKTÜRE WAR MIR:

Gisela Bleibtreu-Ehrenberg, Der Weibmann,Kultischer
    Geschlechtswechsel im Schamanismus. Fischer Wissenschaft,
    Frankfurt/Main 1984.

Hans Findeisen/Heino Gehrts, Die Schamanen, Jagdhelfer und Ratgeber.
    Diederichs Verlag, München 1983

Manfred Kyber, Einführung in das Gesamtgebiet des Okkultismus,
    Hesse&Becker im Weiss Verlag GmbH 1985

Zwi Rudy, Ethnosoziologie Sowjetischer Völker, Francke Verlag Bern
    und München, 1962

ABBILDUNGSVERZEICHNIS

Sie sind schön, frei und ein wenig sittenlos. Sie sind wehrhaft, fallen niemals in Ohnmacht, sind schnell, nervös, pansexuell und so anziehend wie gefährlich. Ihre Schwarm-Intelligenz, die sie "Basilosphäre" nennen, erlaubt ihnen ungeahnte Möglichkeiten der Zusammenarbeit. Doch müssen sie auch einen Fluch überwinden, der auf rätselhafte Weise ihr Leben verkürzt — und da hoffen sie auf uns normale Menschen. — Urban Fantasy über die humanoide Rasse *Homo Sapiens Erectus*, 4 Bände zu je 508 Seiten, Paperback mit Illustrationen der Autorin, erschienen 2019/2020. Jeder Band ein abgeschlossener Roman (Druck 13,90/14,90€ und e-Book für 4,99€). In allen Buchportalen. **www.hausmacht.de**

Lilith (of) Dandelion
Der Mund der Wahrheit
Ein Novellenzyklus vom Rande der Realität
Verlag: Books on Demand, Erscheinungsdatum: 31.10.2016
Hardcover 216 Seiten 22,90 €, ISBN-13: 9783743100190
Paperback 216 Seiten 14,90 €, ISBN-13: 9783741297731
e-Book: 7,49 €.
Zahlreiche Illustrationen, Farbe & SW, von der Autorin.
Verluste, Unfallfolgen, unglückliche Liebe, außergewöhnliche Beziehungen, politische Verirrungen, Fehltritte — alles das findet sich in einem Reigen zusammen, in dem alle mal einander begegnen. Soweit ist das im Alltag denkbar; aber die Götter können sich nicht verkneifen, auch mal ins Leben der Menschen einzugreifen.